책비
오앵도

책비 冊婢
오행도

신현수 지음

차
례

건달 도령
꽃도령

청계천 냇가는 알록달록 봄꽃이 한창이었다. 앵도는 봄
꽃도 볼 겸 광통교 어귀에서 잠시 숨을 골랐다. 기방 기녀
들에게 소설책을 읽어 주러 가는 길인데 늦을까 봐 헐레벌
떡 뛰어온 참이었다. 광통교 세책가* 중 가장 큰 한성세책
방. 이곳의 인기 책비** 앵도는 부르는 곳이 많아 이렇게 늘
분주했다.

* 세책가: 조선 시대에 세를 받고 책을 빌려주던 책방.
** 책비: 돈을 받고 이야기책을 읽어 주는 것을 직업으로 하던 여자.

겨우 한숨 돌린 앵도는 광통교로 올라 종종걸음 쳤다. 봄바람치곤 바람결이 거세 연두색 장옷을 바짝 여미고 분홍 책보도 손에 꼭 쥐었다. 그런데 몇 걸음 채 걷지도 않아 누군가와 쿵 부딪치고 말았다. 그 바람에 책보와 장옷이 휙 날아가 다리 아래로 사라져 버렸다.

"앗! 책보! 장옷!"

앵도가 난간 쪽으로 뛰어가려다 휘청하는 찰나, 상대가 덥석 손을 잡아 훅 끌어당겼다. 옥빛 도포를 입고 흑립을 쓴 꽃도령이었다. 그러나 백주 대낮 저잣거리에서 처자의 손을 함부로 잡을 정도면 뻔할 뻔 자 건달 도령.

"웬 수작이오! 놓으시오!"

앵도는 건달 도령의 손을 뿌리치고는 난간으로 가서 돌계단을 타다닥 뛰어 내려갔다. 장옷도 장옷이지만 책보는 꼭 찾아야 했다. 기녀들에게 읽어 줄 염정 소설* 《광통교 연가》가 들어 있기 때문이었다. 그러나 손차양까지 하고 둘레둘레 찾았지만 책보도 장옷도 보이지 않았다.

"이것을 찾소?"

말소리에 돌아보니 얼굴이 까무잡잡하고 기골이 장대한 도령이 물이 뚝뚝 떨어지는 책보와 장옷을 건넸다. 흑립을

---

* 염정 소설: 남녀 간의 사랑을 주제로 하는 소설.

쓰고 무명 도포를 입은 차림새였는데 냇물에 들어갔다 나왔는지 도포 자락과 바지 자락이 젖어 있었다.

"고맙습니다."

앵도는 고개 숙여 인사한 후 책보부터 끌러 보았다. 웬걸! 소설책은 물에 젖어 상태가 아주 참담했다. 표지는 《광통교 연가》라는 제목을 겨우 알아볼 수 있을 정도고, 본문은 글씨며 채색 삽화들이 물에 번져 온통 뭉개져 있었다. 눈앞이 아뜩했지만 일단 기방으로 가는 수밖에 없었다. 그나마 장옷은 물에 별로 젖지 않은 상태였다.

"앞 좀 보고 다니지. 건달 도령인가."

앵도는 부아가 나서 광통교를 올려다보았다. 건달 도령이 난간에 서서 이쪽을 내려다보다가 슬그머니 고개를 돌렸다. 까무잡잡 도령이 건달 도령을 편들었다.

"먼저 부딪친 것은 그쪽이오. 저 도령이 아니라."

"저 도령이 먼저 탁 부딪쳤거든요. 동무 사이인가 본데 무조건 편든다면 진정한 동무가 아니지요."

앵도는 깐깐하게 짚어 주고는 장옷을 쓰고 부리나케 걸음을 옮겼다. 왈짜패랑 더 이상 옥신각신할 시간이 없었다.

"나더러 건달 도령이라 했다고? 내가 먼저 부딪쳤다 했고? 방자하군."

광통교 어귀, 버드나무에 매 두었던 말에 오르며 건달 도령이 혀를 찼다. 까무잡잡 도령이 공손히 머리를 조아렸다.

"송구하옵니다, 세자 저하."

그랬다. 광통교에서 앵도와 맞부딪친 건달 도령 꽃도령. 그는 조선의 국본,* 세자 이율이었다. 청계천 냇물에서 앵도에게 장옷과 책보를 건져 준 까무잡잡 도령은 율의 죽마고우이자 호위 무관인 세자좌익위** 강건휘였고. 율은 미복***을 한 채 광통교에 산책을 나온 길이었다. 춘삼월 광통교는 그에게 너무나 특별한 장소였기 때문이다.

5년 전 이맘때, 열두 살 동갑내기 율과 세자빈은 광통교에서 처음으로 만났다. 그날도 광통교엔 봄바람이 제법 불었고 청계천 냇가는 봄꽃 천지였다. 그날, 바람결에 실려 온 봄꽃 향기 속에서 율은 총명하고 당찬 소녀를 처음 만났다. 둘은 서로에게 첫사랑이 되었고 소녀는 세자빈으로 간택됐다. 하지만 가례를 마치고 첫날밤을 치르기 직전 세자

---

* 국본: 임금 자리를 이을 임금의 아들.
** 세자좌익위: 세자를 호위하던 세자익위사에 속한 정오품 무관 벼슬.
*** 미복: 지위가 높은 사람이 남의 눈을 피하려고 입는 남루한 옷차림.

빈은 급사를 하고 말았다. 4년 전 일이었다.

율은 세자빈을 겨울 산에 묻고 돌아서며 다짐했다. 평생토록 다른 여인은 쳐다도 보지 않겠노라고. 그 후 해마다 이맘때만 되면 이렇게 광통교로 나오곤 했다. 아까도 율은 세자빈과의 아름다웠던 날들을 그리면서 광통교 어귀 버드나무에 말을 매어 둔 채 다리를 쭉 걸어갔다가 끄트머리에서 되돌아오던 길이었다. 그런데 맞은편에서 웬 낭자가 종종걸음으로 오더니 가슴팍에 팍 부딪치지 뭔가. 율은 건휘에게 지청구를 놓았다.

"자네는 그 맹랑한 소리를 듣고만 있었는가?"

건휘가 짓궂게 웃으며 대답했다.

"당연히 그쪽이 먼저 부딪쳤다고 했지요. 근데 동무 사이라고 무조건 편든다면 진정한 동무가 아니라고 하지 뭡니까. 그러게 뭐하러 잡아 주십니까. 넘어지든 말든 놔두시지요."

"장차 나의 백성이 될 것이거늘, 눈앞에서 나동그라지게 생겼는데 보고만 있는가?"

"예예, 잘하셨습니다. 저하가 아니었다면 그 낭자는 머리통이 박살나거나 한쪽 다리가 똑 부러졌을 겁니다. 말본새가 방자해서 그렇지, 제법 청아한 것이 반가 규수 같던데요."

"계속 이죽거릴 텐가? 그만 돌아가세!"

"예, 하온데 언제까지 그러실 셈입니까?

"무얼 말인가?"

"돌아가신 빈궁마마는 그만 잊고 부디 새 빈궁마마를 맞으십시오. 그래야 후사도 이으실 테고……."

"그 말은 금지하지 않았나!"

"소인이 아니면 누가 이런 말씀을 올리겠습니까. 종묘사직의 안위가 걸린 일입니다. 계속 이러시면 하늘에 계신 중전마마와 빈궁마마께서도 편치 않으실 것이……."

"그만하게."

율은 단호하게 말하고는 말에 박차를 가했다. 또각또각 걷던 말이 히이잉 울면서 속도를 내기 시작했다. 건휘도 뒤따라 말에 올랐다.

광통교 연가

"건달이랑 까무잡잡이 한패가 맞아?"

찔레가 이부자리를 펴며 물었다. 호롱불 아래서 《박씨부인전》을 필사하던 앵도는 세필붓을 벼루에 내려놓았다.

"그럼요, 둘 다 허우대는 멀쩡해서는 왈짜패가 확실해요. 안 그러면 다 큰 처자한테 일부러 부딪쳐 놓고 함부로 손을 잡을까."

"앵도가 넘어질까 봐 잡아 준 건 아닐까?"

"사실 잘 기억 안 나요."

"암튼 놀라긴 했겠다. 근데 오늘 가져간 《광통교 연가》

는 종이에 들기름을 안 먹였나? 웬만해선 물에 안 젖을
텐데?"

"하필 기름 먹이지 않은 책을 챙겼지 뭐예요."

"기녀들한테 소설책은 어떻게 읽어 줬어? 책이 다 뭉개
졌다며."

"신기한 게 내가 소설을 그냥 줄줄 외더라고요. 늘 책을
보며 읽어서 다 외는 줄도 몰랐는데. 외워 읊으니까 기녀들
도 더 재미나 하던데요?"

"앵도 정도면 외우고도 남지. 네가 오죽 똑똑하고 당차
니? 똑순이 책비잖아."

"언니야말로 똑똑하고 당차기로 둘째가라면 서운하죠."

"그래그래, 우린 한성세책방 최고 책비지! 광통교 세책
가 최고 책비!"

앵도와 찔레는 함께 함박웃음을 터뜨렸다.

한방을 쓰는 둘은 한성세책방은 물론 광통교 세책가 전
체 책비 중에서도 으뜸과 버금을 다투었다. 작년까지만 해
도 찔레가 최고 인기 책비였다면, 올해 들어서는 앵도의 인
기가 더 높아졌다.

찔레는 열일곱 살로 앵도보다 한 살 많고 한성세책방에
서도 2년 먼저 터 잡은 선배 책비다. 경기도 화성 고을 구실
아치의 딸이었으나 부모를 여읜 후 한성세책방 주인 조 책

쾌* 눈에 띄어 책비가 되었다고 한다. 앵도는 처음부터 찔레가 좋았다. 선배라고 텃세를 부리지도 않고, 책도 잘 읽는 데다 총명하면서도 어질고 명랑했다. 찔레도 앵도를 처음부터 아꼈다. 앵도의 인기가 치솟아도 시샘하기는커녕 되레 자랑스러워했다.

통행금지를 알리는 인경** 소리가 댕댕댕 들려왔다. 순라군***들이 골목을 돌며 딱딱이를 치는 소리, 사람들이 뛰어가는 발소리도 들렸다. 찔레가 이불 속으로 들어가며 말했다.

"앵도야, 나 먼저 잘게. 너도 그만 자. 필사 일 좀 줄이고."

"응, 금방 끝나요. 마저 하고 잘게요."

앵도는 상냥히 대답하고는 다시 붓을 잡았다. 필사 일을 많이 하는 건 가욋일을 해서 돈을 더 벌어야겠다는 생각보다는 잡념을 줄이고 뭔가 기회를 얻고픈 마음 때문이었다. 앵도가 필사한 책은 필체가 정갈하면서도 단아할 뿐더러, 정자와 흘림체의 중간인 독특한 반흘림체라 인기도 좋

---

* 책쾌: 책의 매매를 중개하던 상인. 책을 빌려주는 세책방을 운영하기도 했다.

** 인경: 통행금지를 알리거나 해제하기 위하여 치던 종.

*** 순라군: 도둑, 화재 따위를 경계하기 위하여 밤에 궁중과 장안 안팎을 순찰하던 군졸.

았다. 언문책을 필사하는 것뿐 아니라 한문책을 언문으로 풀어 쓰는 것도 앵도는 곧잘 했다. 대부분의 책비가 한문은 잘 모르기에 드문 재주였다.

잠시 후 앵도는 《박씨 부인전》과 필사 공책을 덮고, 반닫이 깊숙이 넣어 둔 《설영록》을 꺼내 일기를 쓰기 시작했다. 광통교에서 건달 도령을 만난 일이며, 책이 젖어 이야기를 외워 읊은 일 등을 낱낱이 적었다. 그러고선 《설영록》을 덮으려다가 마지막에 몇 구절을 보태 적었다.

박씨 부인처럼 나라를 구하는 여인도 있거늘,
내 어찌 집안을 구하지 못하리?
책비가 된 지도 어언 삼 년.
여자의 몸이라고 어찌 가문의 몰락을 보고만 있으리.
내 반드시 아버님의 누명을 벗겨 드리고,
가문을 다시 일으키리라.
몇 년, 몇십 년이 걸릴지라도, 결단코 그리하리라.

늘 그랬듯 그 일을 생각하니 콧등이 시큰하며 손이 떨렸다. 앵도는 손에서 미끄러지려는 붓을 꼭 잡은 채 한 글자 한 글자 또박또박 써 내려갔다. 종이 위로 굵은 눈물 한 방울이 뚝 떨어졌다. 언제 어디서나 씩씩한 척하지만 가슴에는 큰 슬픔을 간직하고 있었다.

글자가 번질세라 무명천으로 눈물방울을 콕 찍어 낸 앵도는《설영록》을 다시 반닫이 깊숙이 넣었다.

❈

율은 상소문을 읽다가 머리가 아파 침소를 서성거렸다. 인경이 친 지는 벌써 오래, 오늘도 일찍 잠들기는 그른 듯싶었다.

요즘 율은 부쩍 불면에 시달리는 날이 많아졌다. 주상의 명을 받아 대리청정을 하는 부담이 점점 커지는 까닭이었다. 세자빈이 죽은 이듬해에 일어난 역모 사건으로 주상은 독이 든 수랏상을 받은 후 사경을 헤매다 깨어났다. 하지만 심신이 쇠약해져 국사를 돌보지 못해 율이 대리청정을 하게 되었다. 물론 중요한 일은 주상의 뜻을 물어 결정했지만 웬만한 것은 스스로 처리해야 하니 그 무거움이 어깨를 늘 짓눌렀다. 조정 대신들이 당파 싸움을 하는 것도, 계비인 중전 민씨 외척의 세력이 커지는 것도 해결해야 할 당면 과제였다. 그래서 고민과 불안으로 불면증에 시달리는 밤이면 책을 읽다가 새벽녘에야 겨우 잠들곤 했다.

'오늘은《광통교 연가》라는 책을 좀 훑어봐야겠다.'

율은 서가로 가서 책을 찾았다. 율과 효린 공주는 일찍 세상을 뜬 생모, 덕화 왕후가 쓰던 은진재를 공동 서재로 삼아 그곳에 주로 책을 보관했다. 하지만 침소에도 작은 서가를 만들어 그때그때 읽을 책을 놓아두곤 했다. 마침《광통교 연가》가 바로 눈에 띄었다. 세상에서 읽지 않는 책이 없다고 할 만큼 손꼽히는 애서가였지만 율은 여태 염정 소설만큼은 외면해 왔다. 왠지 낯 뜨거울 것도 같고 소설을 읽다가 자칫 '염정'이라는 감정에 빠질까 두려웠다. 그렇지만 염정 소설을 비롯한 패관 소설*의 폐해에 대한 상소가 늘고 있어 한두 권 정도는 훑어봐야 했다.

율은 표지부터 살펴보았다.《광통교 연가》라는 제목 아래 '조선 최고 인기 염정 소설'이라는 부제가 있고, 선남선녀가 광통교에서 서로를 애틋한 눈길로 마주 본 채 손을 맞잡은 그림까지 그려져 있었다.

"광통교 연가라, 제목도 그림도 그럴싸하군."

책장을 아무 데나 들춰 보니 아름다운 염정화가 눈을 찔렀다. 달빛이 환히 비치는 다리에서 젊은 남녀가 닿을락 말락 입맞춤을 하는 그림이었다. 아래엔 '달밤의 사랑 놀이'라

---

* 　패관 소설: 민간에서 떠도는 이야기를 주제로 한 소설.

는 제목까지 달려 있었는데 도화서* 화원 뺨칠 정도의 실력파가 그린 듯 아름다우면서도 그윽한 운치를 풍겼다. 율은 가슴이 두근거리고 귓불이 달아올랐다. 세자빈을 겨울산에 묻고 돌아선 후 처음 느끼는 오묘한 감정이었다.

내친김에 책장을 계속 넘겨 보았다. 사이사이 염정화가 꽤 있었는데 '달빛 아래의 정인'이라는 그림이 가장 마음에 들었다. 안개가 끼고 까만 하늘에 초승달이 걸린 밤, 골목 담벼락 아래서 젊은 남녀가 만나는 모습을 그린 것이었다. 그림 속 낭자는 연분홍빛 저고리에 진보랏빛 치마를 입고 연두색 장옷 깃을 한 손으로 움켜잡았다. 장옷 속에 반쯤 드러난 얼굴은 청아하면서도 싱그럽고, 치맛자락 아래에는 빨간 꽃신도 보였다. 그림 속 도령 또한 옥빛 도포를 입고 흑립을 썼는데 갖신까지 꽤나 신경 쓴 매무새였다. 그런데 문득 그림 속 낭자를 어디선가 본 듯하다는 생각이 들었다.

"누구랑 닮은 것 같은데?"

그림을 응시하며 기억을 더듬는 순간 번쩍 생각이 났다.

"어? 오늘 광통교에서 부딪친 낭자랑 닮았는데?"

몇 번을 보아도 그랬다.

"신기한 일이군. 마치 그 낭자를 보고 그린 듯하잖아."

• 　도화서: 그림에 관한 일을 맡아보던 관아.

율은 고개를 갸웃하며 뒤표지를 보았다. 거기엔 이런 글
귀가 적혀 있었다.

사랑을 잃었을 땐 죽을 듯이 아파도,
새로운 사랑은 또다시 찾아온다!
절망 속에서도 희망을 향해 나아갈 때
새로운 내일은 열린다!
사별한 첫사랑을 못 잊는 순정남 이 도령,
가슴 아픈 사연을 가진 절세가인 설화 낭자!
광통교에서 만난 선남선녀의 사랑은
이뤄질 것인가, 아니 이뤄질 것인가!

그 아래엔 깨알 같은 글씨로 이런 글귀도 덧붙여져 있
었다.

조선의 청춘 남녀에게 고하노니,
《광통교 연가》를 읽지 않고 사랑을 논하지 말라!

《광통교 연가》는 세상을 떠난 첫사랑을 잊지 못하던 이
도령이 청아하면서도 당찬 설화 낭자를 광통교에서 만나
첫눈에 반한 후 사랑에 빠져 백년가약까지 맺게 된다는 내

용이었다. 작자 미상인 데다 세상에 나온 지 벌써 3년이 넘었지만 갈수록 인기가 높아져 어느 세책방이든《광통교 연가》필사본을 빌리려면 최소 스무날은 기다려야 했고, 그 인기에 편승해《광통교 열애록》,《수표교 정인》같은 아류작까지 줄줄이 출간됐을 정도였다.

　율은 제대로 읽어 봐야겠다는 생각으로《광통교 연가》첫 장을 펼쳤다. 가지런하면서도 힘 있고 단아한 반흘림체 필체가 눈에 훅 들어왔다. 궁녀들이 쓰는 평범한 궁체와는 또 다른 느낌이었다. 글씨만큼이나 글솜씨도 보통이 아니라, 율은 이 도령과 설화 낭자 이야기에 금세 푹 빠져들고 말았다. 어느새 새벽이 와서 댕댕댕 파루*가 울릴 때까지.

책 속에 더는
숨지 않으리

'찔레 언니가 말한 대로 울창한 소나무 숲이 있고, 숫을 대문에서 오십 보쯤 앞에 느티나무가 있어…….'

앵도는 느티나무 뒤에 몸을 숨긴 채 맞은편 집을 뚫어져라 보았다. 해가 서녘으로 뉘엿뉘엿 기우는 때였다. 찔레가 대갓집 마님에게 소설책을 읽어 주고 왔는데, 알고 보니 홍문관* 대제학 우찬식 대감댁이었다고 한 걸 귀담아들었다

* 홍문관: 궁중의 경서, 문서를 관리하고 임금의 자문에 응하는 일을 맡아 보던 관아. 으뜸 벼슬은 대제학이다.

22

가 출장을 마치고 돌아가던 길에 찾아온 것이다.

마침 저만치에서 관복을 입고 흑사모*를 쓴 벼슬아치가 초헌**에 높이 앉아 이쪽으로 오고 있었다. 가까이 다가올수록 우 대감이 확실해 보였다. 아버지와 막역한 사이라서 한 달에 사나흘은 집에 드나들었기에 모습을 익히 알고 있었다. 앵도는 목이 멨다.

'대감께선 저리 건재하신데 아버님은…….'

곧 초헌이 집 안으로 들어가고 솟을대문이 닫혔다. 앵도는 잠시 기다렸다가 대문 앞으로 가서 설렁*** 줄을 잡아당겼다. 딸랑딸랑 방울 소리에 늙수레한 청지기가 대문을 열고 나왔다.

"뉘시오? 무슨 일이오?"

"예, 저는 한성세책방 책비 오가 앵도라고 하는데, 대감마님께서 저희 세책방에 부탁하신 책이 있어 전해 드리러 왔습니다. 그리 아뢰면 아실 것입니다."

청지기가 안으로 들어가더니 잠시 후 되돌아와 사랑채로 안내했다. 앵도는 조마조마한 마음으로 청지기를 따라

---

* 흑사모: 벼슬아치들이 관복을 입을 때 쓰던 모자.
** 초헌: 종이품 이상의 벼슬아치가 타던 수레.
*** 설렁: 처마 끝 같은 곳에 달아 사람을 부를 때 줄을 잡아당기면 소리를 내는 방울.

들어갔다. 편복으로 갈아입은 우 대감이 사랑채 대청마루에 뒷짐을 진 채 서 있다가 청지기에게 지시했다.

"김 서방은 물러가고, 사랑채에 아무도 들이지 말게."

"예, 대감마님."

청지기가 물러가자 우 대감이 앵도에게 가까이 오라 손짓하더니 엄하게 말했다.

"여기가 어디라고 찾아온 게냐. 죽은 듯 살라고 한 말을 잊었더냐?"

앵도는 섬돌에 서서 고개를 조아린 채 대답했다.

"대감마님, 그간 평안하셨는지요. 놀라시게 해 송구합니다. 베풀어 주신 은혜는 각골난망이오나 이리하지 않으면 뵐 길이 없어……."

"길게 말 섞을 형편이 아니다. 찾아온 이유나 말하거라."

"다름 아니오라, 이제 제가 책비로 자리를 잡았기에 아버님의 일을 바로잡고자……."

앵도가 말을 끝내기도 전에 우 대감이 노한 어조로 소리쳤다.

"뭐라? 뭘 바로잡아? 대역 죄인의 딸임을 잊었느냐?"

"저는 아버님이 누명을 쓰셨다고 확신합니다. 아버님의 억울함을 밝히지 않고서는 살아갈 이유가 없습니다. 그래서 도와주십사 간청하려고 감히 찾아뵈었습니다."

가슴이 울컥하며 목이 메어 왔다. 사실 앵도는 본디 미천한 신분이 아니었다. 세간에는 충청도 충주 고을의 찢어지게 가난한 소작농의 딸로 제법 총명해 한성세책방 조 책쾌가 부모에게 몸값을 두둑이 주고 데려온 것으로 알려져 있었다. 그러나 실은 예조 판서였던 윤공회의 4남 1녀 중 외딸이고 본명은 윤설영이었다. 어릴 적부터 수놓기와 바느질 대신 규방에 콕 박힌 채 독서를 즐겨 남존여비를 뒤집는 《박씨 부인전》, 불굴의 의지로 역경을 극복하는 《최척전》, 사대부들이 주로 찾는 《열하일기》와 《표해록》 같은 책을 읽고 글을 쓰며 호연지기를 길러 온 당찬 규수였다.

그러나 3년 전, 윤 예판이 주상을 독살하려 한 역모의 주모자라는 누명을 쓰면서 설영의 집안은 풍비박산 나고 말았다. 윤 예판과 세 오라비는 참형을 당하고 어머니는 자결했으며, 친가와 외가 쪽 삼족이 멸해진 것이다. 그나마 남동생 설훈은 나이가 어린 덕분에 목숨만은 건져 강화도 관노비로 끌려가고, 설영은 전라 관찰사의 사노비로 하사되었다. 이때 윤 예판의 막역지우였던 우 대감은 조 책쾌를 시켜 극비리에 설영을 빼내 자결한 것으로 위장한 다음, '앵도'라는 이름의 책비로 신분을 바꿔치기해 세책방에 머물게 했다. 조 책쾌는 대대로 윤씨 집안에 은혜를 입은 터라 설영을 보살피는 막중한 임무를 자청했다. 조 책쾌는 앵도에게 비구니와 책비 중에서 고르라고 했고 앵도는 책비를 선택했다. 천한 신분으로 전락할지언정 세상 한가운데에 있고 싶었기 때문이다. 규수 시절에 책을 벗 삼아 살았기에 책을 가까이하고픈 마음도 컸다.

얼굴이 알려졌다면 정체를 속이는 게 불가능했을 테지만 다행히도 설영은 규방에 박혀 간서치*처럼 책만 읽느라 동무 하나 없었고, 얼굴을 아는 이도 집안사람과 하인들뿐이었다. 그마저도 멸문지화를 당할 때 대부분 죽거나 뿔뿔이 흩어졌고 설영이 자결한 것으로 알려졌기에 앵도를 설영이라고 짐작할 사람은 없었다. 모진 풍파를 겪은 데다 3년 사이 소녀에서 어엿한 처자로 급성장한 덕분에 규수 시절과 지금의 얼굴이 많이 달라진 것도 도움이 됐다.

앵도는 책비가 되기로 하며 결심했다. 어떤 치욕을 견디고서라도 책비로 자리를 잡아 아버지의 누명을 벗기겠노라고. 멸문지화를 당하기 전에는 간서치로만 살았지만, 앞으로는 책 속에만 숨지 않고 세상을 향해 나아가겠노라고. 그리고 이제 때가 되었다고 생각하던 즈음, 우 대감댁 위치를 알게 되면서 용기를 낸 것이었다. 앵도가 다시 말을 이

---

* 간서치: 지나치게 책만 읽어서 세상 물정에 어두운 사람을 낮잡아 이르는 말.

었다.

"아버님께서 끌려가시면서 다급히 말씀하셨습니다. '아비는 결백하다……. 하늘을 우러러 한 치의 부끄러움도 없다. 주상 전하…… 독…… 곱사둥이…… 대궐…… 화선…….'이라고. 그 뜻을 밝힌다면 누명도 벗길 수 있다 생각합니다만, 조 책쾌도 모른다 하니 대감마님께서 귀띔이라도 해 주시면……."

우 대감이 기가 찬다는 표정으로 앵도를 물끄러미 보았다.

"아는 게 없는데 무슨 귀띔을 하느냐?"

"아버님께서 누명을 쓰신 게 분명한데 자식으로서 어찌 가만있을 수 있겠습니까."

"역적으로 몰린 사람이 무슨 말을 못 할까. 어릴 적 네가 당차다고 네 부친이 칭찬하더니만 당찬 게 아니라 당돌함이 도를 넘는구나."

"제발 도와주십시오. 아버님의 막역지우가 아니셨습니까."

"어허, 네가 사노비가 되든 말든 눈감았어야 했는데 이렇게나 발칙하다니. 네가 이리하면 나하고 조 책쾌는 둘째 치고 설훈이가 위험하다는 걸 모르느냐? 설훈이까지 죽어 없어져 너희 가문이 완전히 씨가 마르길 바라느냐?"

설훈 얘기가 나오자 앵도는 콧등이 시큰했다. 조 책쾌 말로는 강화도 관아의 노비로 있다고 하지만 3년째 얼굴을 보지 못한 터였다.

"대감마님…… 설훈이와 헤어질 때 너만은 지켜 주겠노라 약조했습니다. 부모님과 오라버니들은 지켜 드리지 못했지만 설훈이만은……."

"물러가라."

우 대감은 말을 더 붙일 수 없을 정도로 단호했고, 앵도는 물러날 수밖에 없었다.

"알겠습니다. 하오나 제게 언질 주실 게 있다면 언제라도 그리해 주십시오."

"얼른 물러가지 못할까!"

우 대감이 뒷목을 잡으며 소리쳤다. 앵도는 묵례를 한 후 사랑채를 나왔다. 그때 청지기가 바삐 뛰어오며 소리쳤다.

"대감마님, 한성판윤˚ 대감 오시었습니다!"

앵도는 얼른 옆으로 비켜섰다. 점잖은 생김새에 관복을 입은 벼슬아치가 사랑채 중문으로 들어서고 있었다.

˚ 한성판윤: 오늘날의 서울특별시장에 해당하는 벼슬.

'사가지,의 정체

아침부터 오후 늦게까지 봄비가 내린 탓에 한성세책방은 손님도 없고 한가했다. 마침 3월에 생일을 맞은 책비가 둘이나 있어 일찌감치 영업을 마치고 모두 모여 음식을 차려 먹으며 이야기꽃을 피웠다. 앵도는 책비들 이야기를 한 귀로 듣고 한 귀로 흘리며 생각에 잠겨 있었다.

'우 대감께서는 아무런 말씀을 해 주지 않으시니 조 책쾌하고 좀 더 얘기해 볼까. 하지만 몸을 사릴 게 뻔한데…….'

아버지의 누명을 벗기겠다는 원대한 목표만 있을 뿐, 과연 무얼 할 수 있을지 아득했다. 그때 외출했던 조 책쾌가 돌아오더니 책비들 사이에 있는 앵도를 찾아 덥수룩한 수염을 매만지며 말했다. 둘만이 있는 은밀한 자리에서야 조책쾌가 존대를 하고 앵도는 조 책쾌에게 하대하지만 다른 사람이 있는 자리에서는 그 반대였다.

"앵도야, 출장 좀 다녀와야겠다. 땅도 질척하고 밤길이라 미안하구나. 그래도 인경 치기 전에는 올 수 있을 게다."

창밖을 보니 날이 어둑해지고 있었다. 앵도는 언제 심각했냐는 듯 해맑게 대답했다.

"미안하시긴요. 야간 수당 듬뿍 챙겨 주실 거잖아요. 어디로 가면 돼요?"

"서촌에 있는 한성판윤 송 대감댁 별당이다. '사가지'라고 대갓집 규수 모임인데 그 댁 외동딸이 대장인가 보더라."

며칠 전 우 대감댁에서 본 한성판윤이 생각났다. 규수 모임에 가는 게 내키지는 않았지만 조 책쾌를 생각해 앵도는 고개를 끄덕였다.

"예, 알겠습니다. 근데 저를 콕 집어서 보내 달래요? 모임 이름도 특이하네요."

"그래, 앵도가 책을 재미나게 읽는 걸 들었나 보더라. 모임 이름 뜻은 사랑 어쩌고 그런 건데 확실치 않구나."

조 책쾌가 고개를 갸우뚱하는데 찔레가 걱정스럽게 말

했다.

"'사가지'가 '사랑스러운 가인이자 지성 넘치는 규수들의 모임'이란 뜻이래요. 근데 그 모임 질이 안 좋아서 '사가지'가 아니라 '싸가지'로 불린다던데요. 사랑이든 지성이든 거리가 멀고요."

다른 책비들도 한마디씩 보탰다.

"저도 들었어요. 지저분하게 노는 규수들이래요. 얼마나 저질인지 말로 다 못 해요."

"한성판윤 외동딸이 제일 못됐대요. 그래서 다른 세책방에서도 싸가지가 요청을 하면 책비들을 잘 안 보낸대요."

조 책쾌가 골머리가 아픈 듯 이마를 짚었다.

"나도 안다. 그동안 몇 번이나 앵도를 보내 달라는 걸 온갖 핑계를 대면서 거절했지. 그런데 이번에도 안 보내면 세책방 문을 닫게 만들겠다니 어쩔 도리가 없구나."

광통교의 수많은 세책방 주인들 중에서도 조 책쾌는 소속 책비들을 아끼고 가족처럼 챙기는 것으로 유명했다. 조 책쾌의 입장이 난처할 것 같아 앵도는 선선히 대답했다.

"권세를 악용해 약한 백성을 찍어 누르려는 심보네요. 걱정 마세요. 제가 잘하고 오겠습니다."

조 책쾌가 안심한 표정을 지었다.

"그래. 앵도라면 잘할 수 있을 게다. 다만 이상한 주문을

하거든 요령껏 빠져나오거라. 까짓것 며칠 좀 문 닫으면 어
떠냐? 책은 《춘향전》을 준비해서 가면 된다."

"예, 다녀오겠습니다."

앵도는 씩씩하게 대답하고는 《춘향전》을 챙겨 세책방을
나섰다. 비가 그친 저잣거리에는 이미 땅거미가 내려앉아
있었다.

❋

"야, 오가 앵도! 왜 하라는 대로 못 하니? 응? 흉내 한번
내 보라는데 그게 그리 힘들어? 종년 종놈 주제에 무슨 내
외야!"

한성판윤 외동딸 송예련의 앙칼진 목소리가 서촌 아흔
아홉 칸 기와집 별당에 울려 퍼졌다. 앵도가 《춘향전》을 읽
는 도중 춘향과 이 도령이 운우지락을 나누는 장면이 나오
자 '사가지' 회원 중 하나가 판윤 집 머슴과 직접 시연해 보
라고 했고, 앵도가 거부하자 송예련은 길길이 날뛰었다. 처
음 갔을 때부터 열대여섯쯤 돼 보이는 머슴이 구석에 엉거
주춤 서 있어 무슨 일인가 했는데 그러려고 대기시켜 놓은
것이었다. 규수들은 머슴의 윗도리를 홀라당 벗기고 잠방
이만 남겨 두었고, 머슴은 두 손으로 상체를 가리고 있었

다. 앵도는 살이 부들부들 떨렸다.

'짐승만도 못한 것들 같으니. 사람의 탈을 쓰고 어찌……'

원래 《춘향전》은 야한 장면이 적지 않아 기방 기녀들이나 반가 마님들이 책비를 호출했지, 규수들이 부르는 일은 드물었다. 설사 부른다 해도 운우지락 장면이 노골적으로 묘사되지 않은 판본으로 읽었다. 그런데 사가지 회원들은 야한 장면이 나오는 염정 소설만 광적으로 즐기고 책비에게 변태적인 주문을 한다는 소문이 책비들 사이에 짜하게 나돌았다. 오죽하면 모임 이름이 '싸가지'로 통할까.

오늘도 사가지는 앵도가 가져간 《춘향전》 대신 난잡한 음화까지 그려진 다른 책을 던져 주고는 운우지락 장면을 그대로 읽고 머슴과 시연까지 해 보라고 했다. 앵도는 고개를 똑바로 쳐든 채 따박따박 대꾸했다.

"음화가 그려진 책은 읽지 않습니다. 또한 책비는 책을 읽어 드리면 될 뿐인데 왜 이리 황당한 주문을 하시지요? 정히 궁금하면 기방 탐방을 가시든가요."

송예련이 도끼눈을 뜨고 소리쳤다.

"뭐? 기방 탐방? 어디서 따박따박 말대꾸니! 나 누군지 몰라?"

속에서 천불이 났지만 앵도는 입꼬리를 살짝 올리며 대답했다.

"모를 리가요. 방년 십사 세, 권세 높은 한성판윤 대감 외동따님 아니옵니까?"

"어머머머. 애들아, 이년 고개 쳐들고 실실 쪼개는 것 좀 봐. 이거 나 비웃는 거지? 야, 네년 따위, 쥐도 새도 모르게 없앨 수 있거든."

"그러시든지요. 저야 하찮은 목숨이라 개죽음을 당해도 하소연할 데가 없겠지만 아기씨가 걱정입니다. 재수가 없으면 접시 물에도 코 박고 죽는다던데 아기씨가 살인범으로 안 몰린다는 법도 없잖습니까. 이 나라엔 엄연히 포도청도 있고 법도 있는데."

"이년이 눈에 뵈는 게 없네! 너 한성세책방 문 닫는 꼴 볼래?"

약이 바짝 오른 송예련이 앵도의 머리채를 잡아 흔들고 옷자락도 마구 잡아 뜯었다. 송예련은 열네 살치고는 성숙하고 몸집도 앵도보다 큰 편이었다. 앵도는 네 맘대로 해 봐라, 하며 입술을 앙다물었다. 좋은 구경거리 났다는 듯 다른 회원들이 킥킥거리는데 규수 하나가 나섰다.

"예련아, 그만해. 보기 안 좋구나."

그제야 송예련은 못 이기는 척 행패를 멈췄다. 앵도는 헝클어진 머리채를 매만지고 찢긴 옷을 대충 수습한 다음 차분히 말했다.

"흉한 소문이 짜해도 설마 했는데, 싸가지가 어떤 모임인지 익히 알겠습니다. 판윤 대감이 아시면 어쩌나 제가 다 모골이 송연하네요."

"이년이 뭐라는 거야. 그리고 우리는 사가지야, 싸가지 아니고."

송예련이 발끈하며 소리쳤고, 머슴은 윗도리를 챙겨 후닥닥 뛰쳐나갔다. 앵도도 책을 들고 일어나며 한마디했다.

"이만 가 보겠습니다. 황당한 주문을 하신 탓에 더는 소설책을 읽어 드릴 수 없겠네요. 오늘 일은 세책가에 널리 알리겠습니다."

"어머머머, 얘들아, 이년 말하는 것 좀 봐. 정녕 종년 책비 맞니? 어따 대고 엄포야?"

송예련이 또 길길이 날뛰었지만 앵도는 못 들은 척 서둘러 별당을 나섰다. 누군가 따라 나와 장옷을 휙 던져 주었다. 저고리가 뜯겼으니 걸치고 가라면서.

어떻게 한성판윤 집을 빠져나왔는지 몰랐다. 장옷을 걸친 채 솟을대문을 나와 걸어가는데 힘이 풀려 다리가 저절로 휘청거렸다. 앵도는 길가 회화나무 기둥에 잠시 몸을 기댔다.

'대갓집 규수라는 것들이 인간 말종이구나. 책비 대신 비

구니가 될걸. 그랬으면 이런 꼴도 안 당했을 텐데……'

단단히 각오를 하고 왔는데도 막상 봉변을 당하고 나니 눈물이 앞을 가렸다. 책비를 잘못 택했다는 후회까지 마음을 괴롭혔다. 그래도 정신을 차리고 생각해 보니 송예련에게 당당하게 맞선 것은 참 잘했다 싶었다.

앵도는 옷소매로 눈물을 훔치며 밤하늘을 올려다보았다. 온종일 비가 왔다 그친 덕분인지 달도 유난히 밝고 별들도 유난히 초롱초롱 반짝였다. 억울하게 돌아가신 부모님과 오라버니들, 관노비로 고생하고 있을 설훈의 모습이 달과 별 사이로 차례차례 떠올랐다. 오늘따라 너무 보고 싶고 너무 그리운 가족이었다. 앵도는 애써 마음을 추슬렀다.

'아냐, 지금 다시 선택하라 해도 나는 책비를 할 거야. 비구니가 돼서 절에 박혀 있으면 할 수 있는 게 없잖아. 설영아, 앵도야, 힘을 내자. 그래야 부모님과 오라버니들도 기뻐하시고, 설훈이도 다시 만날 수 있어.'

앵도는 한성세책방을 향해 바삐 걸음을 옮겼다.

솔직하신 세자 저하

"세 번째 의제를 논의하겠소. 요즘 매관매직에 대한 상소가 빗발치고 있소. 어떻게 생각하시오?"

"황공하옵니다, 세자 저하!"

율이 근엄하게 말하자 대소 신료들이 고개를 조아렸다. 아침부터 시작된 윤대*는 점심을 먹고 잠시 쉰 후 다시 이어지고 있었다. 대신들의 영혼 없는 대답에 율은 살짝 짜증이 났다.

* 윤대: 모든 벼슬아치가 차례로 임금에게 정치에 관한 의견을 아뢰던 일.

"황공, 황공, 앵무새처럼 읊지만 말고 실상을 파악하시란 말이오! 세도가에 뇌물을 바치고 관직을 산 자들이 세금을 왕창 물려 백성들이 살 수가 없다 합니다. 여기 대신들 가운데 뇌물을 받고 관직을 내어 준 자는 없겠지요?"

"저하, 소신들은 결백하옵니다."

한성판윤 송재익의 대답을 필두로 다른 대신들이 잇따라 외쳤다.

"소신들은 절대 결백하옵니다!"

특히 중전 민씨의 친정 오라버니, 훈련도감* 훈련대장 민희재의 목소리가 유난히도 컸다. 율이 강한 눈빛으로 쏘아보자 민희재가 힐끔 눈치를 살피고는 고개를 깊숙이 조아렸다.

대리청정을 시작한 후 율은 나랏일에 온 신경을 기울여 왔다. 주상과 대비의 기대가 컸고, 또한 빈궁을 떠나보낸 허전함을 이기려 스스로도 일에 몰두했기 때문이다.

그런데 최근 중전 민씨 집안이 고위 관직을 야금야금 차지할 뿐만 아니라 과거 시험에까지 손을 뻗치고 있다는 상소가 빗발쳤다. 특히 과거에 급제했더라도 민씨 가문에 줄을 대지 않고는 좋은 관직을 얻지 못하며, 그런 식으로 관

---

* 훈련도감: 오군영의 하나. 으뜸 벼슬은 종이품 훈련대장이다.

직을 사들인 자들이 과도한 세를 걷어 백성들이 큰 고통을 겪고 있다는 것이었다. 율은 이 상황을 두고 볼 수만은 없었다.

"대신들은 본 의제에 대한 대책과 묘안을 마련하고 최근 2년간 관청에 채용된 자들의 명단을 사흘 안에 제출하시오. 이제 마지막 의제, 전기수 관련이오. 포도대장, 설명하시오."

포도대장이 한 발 앞으로 나서서 보고를 시작했다.

"포도청 중대 현안을 아뢰옵니다. 얼마 전 이 아무개라는 전기수*가 반가 규방에서 부녀자와 음행을 저지른 사건이 발각되었습니다. 이자는 치마저고리를 입고 쓰개치마를 두른 채 규방에 드나들며 소설책을 읽다가 그런 짓을 벌였습니다."

대소 신료들이 혀를 차며 한마디씩 했다.

"내외 분별의 규범이 엄격하거늘 전기수가 여장을 하고 규방에 드나들며 음행을 저지르다니 경악할 일입니다. 엄벌로 다스려야 마땅합니다."

"전기수가 규방을 드나든 것이 어제오늘 일이 아닌 바, 드러나지 않았을 뿐 범법자는 허다할 것입니다. 이 아무개

---

* 전기수: 이야기책을 전문적으로 읽어 주던 사람. '강독사'라고도 했다.

39

와 상대 부녀자를 본보기로 엄히 벌하고 전기수의 반가 출입을 전면 금지해야 합니다."

한성판윤 송재익은 한술 더 떠 전기수 문제가 언문 소설의 폐해와 얽혀 있음을 역설했다.

"전기수가 읽는 패관잡서는 언문책이든 대국 책을 언문으로 번역한 것이든 사회 풍속을 해치는 재앙입니다. 특히 언문 소설에 빠지면 부녀자들은 살림을 소홀히 하고 가산을 탕진하며 사대부들은 경전 읽기를 게을리하니 그 해악을 어찌 두고 보리이까. 언문 소설을 금서로 지정하고 모든 전기수를 유배 보내 해악을 뿌리째 뽑아야 합니다."

이에 반대 의견을 펼치는 대신이 있었으니 홍문관 대제학 우찬식 대감이었다.

"저하! 일부 전기수가 해악을 저지른 것은 분명하오나 모든 전기수가 죄인은 아니기에 모두를 유배 보냄은 옳지 않습니다. 또한 언문 소설은 사대부나 부녀자들뿐만 아니라 하층민에서 문무 벼슬아치에 이르기까지 만백성이 즐기는 바, 세상사와 인생사를 다뤄 삶의 지혜와 교훈을 주므로 금서로 지정하는 것은 어불성설입니다. 음행을 저지른 전기수는 엄벌하고, 반가 출입은 세책방 책비에게만 허용하면 될 것이옵니다."

여러 대신이 대제학의 말에 동조했다.

"대제학 대감의 의견이 옳습니다!"

"빈대 잡자고 초가삼간을 태울 수는 없습니다."

율은 잠시 생각하다 지시했다.

"대제학의 말에 동의하는 바이오. 문제를 일으킨 전기수와 부녀자를 엄벌하고 반가 출입은 책비에게만 허용하겠소. 전기수의 반가 출입은 전면 금지하오."

한성판윤이 정색을 하며 되물었다.

"패관 소설, 언문 소설의 폐해가 심각하고 그중에서도 염정 소설이 미풍양속을 해치고 있는 사실은 명명백백합니다. 송구하오나 저하께서는 염정 소설을 읽어 보고 하시는 말씀인지요?"

율은 당당히 대답했다.

"장안에 염정 소설 열풍이 불고 있다 하여 조사 차원에서 읽어 보았습니다. 음화가 들어간 소설책은 문제가 있지만 《광통교 연가》 같은 책은 남녀 간의 연정을 아름답게 묘사해 제법 훌륭하더이다. 이만 마치겠소."

대소 신료들이 고개를 들고 율을 쳐다보았다. 율은 헛기침을 하며 자리에서 일어났다.

오늘의 책비

운종가 한복판 종루* 앞에서 흰 도포를 입고 머리에 정
자관**을 쓴 전기수가 한 손엔 책을, 한 손엔 접부채를 쥔
채 《숙향전***》을 읽고 있었다. 겹겹이 뻥 둘러선 사람들은
시간 가는 줄 모르고 전기수가 들려주는 이야기에 폭 빠져
있었다. 그 광경을 지켜보던 율이 말했다.

* 종루: 한성부 운종가에 종을 달아 둔 누각. 오늘날 서울 종로에 있는 종각
  을 말한다.
** 정자관: 선비들이 평상시에 머리에 쓰던 말총으로 만든 관.
*** 숙향전: 조선 후기의 한글 소설.

"종루 이야기판을 차지하려고 전기수들이 경쟁을 한다더니, 저렇게 인파가 몰리다니. 과연 그럴 만하군. 자, 이제 세책방으로 가 보세."

"예, 광통교로 가시지요."

율은 건휘를 대동하고 전기수며 세책방, 책비의 실태를 알아보고자 운종가로 잠행을 나온 터였다. 건휘 외에도 두 무관이 멀찌감치 따라붙었다.

광통교 세책가를 두루 둘러본 후 율과 건휘는 가장 규모가 크다는 곳으로 향했다. 추녀 밑 '한성세책방'이라는 큼직한 간판 아래, 남녀로 나뉜 줄이 길게 늘어서 있었다. 율이 건휘에게 물었다.

"저게 무슨 줄이지? 책 빌리려는 줄인가?"

"이반투 하나 본데요? 요새 운종가 점포들이 이반투를 많이 한답니다."

"세책방에서 이반투를? 가 보세."

'이반투'는 '다를 이(異), 새롭게 할 반(返), 던질 투(投)'를 합친 말로, 가게의 인지도를 높이고 매출을 올리기 위해 하는 색다르고 새로운 행사를 뜻하는 신조어였다. 예전엔 가게 주인들이 목을 쭉 빼고 손님을 기다리거나 여리꾼을 두어 호객하는 정도였지만 이제는 가게마다 다양한 이반투를 펼쳐 적극적으로 손님을 끌었다.

율과 건휘가 한성세책방으로 가니, 앞문에 이런 안내문이 붙어 있었다.

한성세책방 단독 특별 이반투
'오늘의 책비' 안내

- **오늘의 책비: 오가 앵도**
- **읽을 책: 사씨남졍기* 궤三부**
- **쳥객이 지켜야 할 사항**
  - 一 남녀로 나뉘어 질서 있게 줄을 서서 입장할 것
  - 二 새치기가 발각될 경우 향후 열흘간 한성세책방 출입 불허
  - 三 십오 셰 미만 미셩년자 출입 불허
  - 四 책을 읽는 도중 책비에 대해 셩희롱척 언행 금지

율은 솔깃했다. 전기수가 거리의 이야기판에서 이야기책을 읽는다면, 세책방 소속 책비들은 규방이나 기방으로 가서 책을 읽거나 세책방에서 책을 빌려주는 일만 하는 줄 알았는데 이런 이반투는 금시초문이었기 때문이다.

율과 건휘도 남자 줄 맨 끄트머리에 서 있다가 사람들을

---

* 사씨남정기: 조선 숙종 때 김만중이 지은 한글 소설.

따라 '오늘의 책비' 문패가 걸린 방으로 입장했다. 청객은 남녀로 나뉘어 양쪽에 앉았다. 한가운데에는 남녀가 서로를 보지 못하도록 '남녀칠세부동석'이라는 글자가 적힌 발이 드리워져 있었다.

이윽고 흑립을 쓰고 비단 도포 차림을 한 책비가 《사씨남정기》를 손에 든 채 들어왔다.

"와아! 앵도, 앵도, 오가 앵도!"

"오늘은 남장을 했군. 꽃도령이 따로 없네!"

청객들이 열광하며 환호하고, 책비는 허리 굽혀 공손히 인사했다.

"안녕하십니까. 한성세책방 책비, 오가 앵도 인사 올립니다. '오늘의 책비' 이반투를 찾아 주신 손님들께 깊은 감사를 드립니다. 즐거운 시간 되시게끔 최선을 다하겠습니다!"

곧 앵도가 의자에 앉아 《사씨남정기》 3부를 읽기 시작했다. 좌중은 쥐 죽은 듯 조용해지고 들리는 건 오로지 앵도의 낭랑한 목소리와 청객의 숨소리뿐이었다. 율도 숨을 죽인 채 책비 앵도를 응시했다.

......대궐 잔치가 끝나자 한림은 집으로 돌아와 교씨가 머무는 백자당으로 갔다. 달빛은 대낮처럼 환하고 꽃

향기가 향긋한 봄밤이었다. 한림은 흥이 나서 교씨에게 노래 한 곡조 불러 보라 하였다. 하지만 교씨는 딴청을 부리며 "소첩, 몸이 아파 노래를 못 하겠사옵니다." 이러는 게 아닌가. 한림은 놀라 물었다. "허어, 어쩌다가?" 그러자 교씨는 흐윽, 하면서 눈물을 쏟는 것이었다. "실은 낮에 심심해서 소첩이 노래를 한 곡조 불렀는데 부인께서 듣고 크게 나무라셨습니다."

청객들이 훈수를 놓았다.

"저런. 교씨가 간악한 수를 쓰기 시작하는구먼."

"몹쓸 년! 사씨 부인 흉을 보려고 저러는 게군!"

"아이고, 저년이 본색을 드러내네. 저런 것은 혼쭐이 나야 하는데!"

앵도가 "쉿!" 하며 청객들을 제지한 후 뒷부분을 읽어 내려갔다. 남녀노소 목소리도 천연덕스럽게 흉내 내고, 때로는 노래하듯 높낮이가 있는 가락도 척척 맞춰 넣었다. 게다가 표정은 또 어찌나 다채로운지 눈을 뗄 수 없을 정도였다. 그렇게 한참 동안 책을 읽던 앵도가 별안간 한 대목에서 낭독을 뚝 멈추었다. 청객들이 손사래를 쳤다.

"아이고! 거기서 이야기를 끊으면 어째! 중요한 대목인데."

"요전법*의 달인 아니랄까 봐 사람 애간장 태우네."

"자자, 이야기 삯 줄 테니 얼른 다음 대목 읽게나."

청객들이 앵도 앞으로 엽전, 비녀, 떨잠, 쇠붙이 같은 것을 던졌다. 견습 책비인 보리는 바구니를 들고 나와 이야기 삯을 챙겼다. 율이 허리춤을 쿡쿡 찌르는 통에 건휘도 쌈지에서 엽전을 꺼내 바구니에 던져 주었다. 바구니에 이야기 삯이 수북해지자 앵도가 목청을 가다듬고 다시 소설책을 읽어 나갔다. 그런데 율은 문득 책비 얼굴이 낯익다는 생각이 들었다.

'누구지? 어디서 봤지? 초면이 아닌데?'

기억을 더듬으며 앵도를 보는 순간, 머릿속이 번쩍했다. 율은 건휘에게 나직이 말했다.

"저 책비, 광통교에서 부딪쳤던 낭자랑 똑같지 않나?"

건휘가 소곤소곤 대답했다.

"저도 아까부터 그 생각을……. 근데 그때는 반가 규수 같았는데요?"

"책비라서 그때그때 소설책에 맞춰서 옷을 바꿔 입는 거 아닐까?"

---

* 요전법: 전기수나 책비가 책을 읽을 때 중요한 대목에 이르러 갑자기 낭독을 멈추고 청중의 호기심을 자극해 돈을 벌어들이는 수법을 일컫는 말.

"아, 그럴까요?"

그때 앵도가 낭독을 마치고 자리에서 일어났다.

"여러분, 즐거우셨는지요? 오늘은 여기까지 읽고 다음에는 더 재미난 이야기로 모시겠습니다. 살펴들 가십시오!"

청객들은 우레와 같은 박수를 보내면서도 벌써 끝났냐는 둥, 시간이 순식간에 지났다는 둥 아쉬워하며 일어났다. 율도 건휘와 함께 자리를 빠져나왔다. 그런데 세책방 문을 막 나섰을 때 뒤에서 누군가가 둘을 불러 세웠다.

"보시오! 거기 좀 서 보시오!"

뒤를 돌아보니 앵도였다. 두 손을 허리에 척 얹은 채 앵도가 말했다.

"우리 구면 맞지요? 나를 알아본 것 같은데 모른 척 튀면 되나요? 점잖으신 도련님들이?"

율은 당황해서 말까지 더듬었다.

"튀……튀다니, 무……무슨 소리인가!"

"몰라서 물으시오? 저번에 광통교에서 그쪽 때문에 멀쩡한 소설책을 냇물에 빠뜨려 못쓰게 됐잖소! 둘이 나란히 앉아 있어 단박에 알아봤다고요."

앵도가 어찌나 당차게 따져 대던지 율은 당황한 나머지 몰라본 척했다.

"그럼 그때 광통교에서 부딪쳤던? 그 낭자는 반가 규수

차림이었는데 그쪽은 책비 아닌가."

앵도가 차갑게 대꾸했다.

"책비 옷차림은 읽는 책 따라 그때그때 다릅니다."

"그런가?"

"그쪽이 내 책을 못쓰게 만들었잖소. 남의 물건을 망쳐 났으면 변상을 해야지, 알아보고서도 튀려 했다면 도둑 심보가 아니오?"

앵도가 계속 따져 대자 보다 못한 건휘가 끼어들었다.

"말이 거칠구먼. 접때는 건달 도령이라더니 이번엔 도둑? 먼저 부딪친 것은 그쪽이라 하지 않았나?"

하지만 율은 이 상황이 흥미로웠다. 광통교에서 부딪쳤던 방자한 낭자가 《광통교 연가》 삽화 속 여인과 닮은 것도 신기했는데, 알고 보니 세책방 책비라는 것부터. 미천한 책비임에도 당차고 야무지게 따지는 모습도 왠지 밉지 않았다. 율은 건휘를 제지하고 차분히 물었다.

"물에 젖어 못쓰게 됐다는 책이 무슨 책인가?"

앵도가 새초롬한 표정으로 대답했다.

"《광통교 연가》입니다. 인기 소설이라 빌리려는 사람들이 줄을 섰지요."

《광통교 연가》라니, 아주 흥미롭게 읽었던 책이 아닌가? 율은 더 생각할 것도 없이 말했다.

"이렇게 하지. 어떻게 맞부딪쳤는지 확실치 않으니 서로 잘못이 반반쯤 있는 것 아니겠나. 그쪽이 넘어질까 봐 잡아 줬는데 오해도 있는 것 같고. 내 잘못 반을 인정하고 책값의 반을 변상해 주겠네. 더는 못 주겠으니 싫으면 말고."

앵도가 생각해 보니 밑지는 장사는 아니었다. 그날 종종거리며 가다가 앞을 제대로 안 보았던 것도 같고, 맞부딪친 책임을 상대에게 전부 뒤집어씌우는 건 아닌지 찔리는 구석도 없지 않았다. 넘어질까 봐 잡아 준 거 아니냐고 찔레도 말했는데, 그럴 수도 있겠다 싶었다.

"책값 반이요? 그렇게 하지요. 세책방으로 따라오시어요."

율은 건휘와 함께 줄레줄레 한성세책방으로 따라 들어가 《광통교 연가》 필사본 한 권의 반에 해당하는 책값을 변상했다. 그러고 나니 그냥 가기가 아쉬웠다. 어차피 세책방 실태를 조사하러 온 터. 마침 바로 앞에 염정 소설 서가가 보였다.

"이왕 왔으니 세책방 구경 좀 하고 가겠네."

책값도 반은 변상받았겠다, 율의 말에 앵도는 선뜻 대답했다.

"그러시지요. 저희 세책방이 운종가에서 제일 크고 책도 많아 구경할 만하답니다. 염정 소설에 관심이 있으신가 본데 안내해 드리지요."

"아, 염정 소설에 특별히 관심 있는 것은 아니고 분야 안 가리고 두루두루 읽는다네. 역사책이나 선현 문집도 좋아하고 암튼 두루두루……."

율은 손사래를 치며 변명을 늘어놓았다. 앵도는 불쑥 장난기가 발동했다.

'이 도령 객기 부리는 것 보게. 분야 안 가리고 책을 두루두루 읽어? 허풍쟁이 시험 좀 해 볼까?'

"염정 소설이 어때서 그러시어요? 이팔청춘 도련님들도 염정 소설을 읽어 봐야 연모가 뭔지, 낭자들 심리가 어떤지도 알지요. 여러 분야 책을 좋아하신다니 두루두루 권해 드리지요."

앵도는 앞장서서 율에게 세책방을 안내하기 시작했다. 건휘는 '뭔가 이상하게 재미지네?' 생각하면서 조금 떨어진 채 둘을 뒤따랐다.

세
책
방
라
만
사

한성세책방은 규모도 크거니와 분위기마저 여느 세책방
과는 달랐다. 곳곳에 화분과 화병, 백자와 청자, 거문고와
비파 같은 악기가 놓여 예술적 분위기가 물씬 풍겼고 서가
도 경서, 사서, 법전, 소설, 문집, 화첩 등으로 대분류가 된
데 이어 분야별로 다시 세분화돼 있었다. 소설만 해도 군담
소설, 염정 소설, 풍자 소설, 윤리 소설, 우화 소설 등으로
나뉘어져 취향에 따라 책을 쉽게 고를 수 있었다.

손님들은 장옷을 쓴 나이 든 부녀자부터 어린 규수, 선
비, 도령, 주인 심부름 왔을 법한 여종이나 머슴에 이르기

까지 다양했고 책을 빌려 가는 사람들은 세책 장부에 이름과 주소를 적은 후 책값을 내거나 비녀, 팔찌, 가락지, 갓, 솥뚜껑, 놋그릇 같은 것을 담보로 맡겼다. 서가 안쪽에 있는 쪽방에서는 필사를 하거나, 끈으로 종이를 묶어 책을 만드는 사람들도 보였다.

재미있게도 곳곳에 '책장을 찢거나 침을 묻히지 마시오', '낙서를 하면 책이 싫어합니다', '반납 기한을 지키지 않을 시 연체료 왕창 물립니다' 등 주의 사항을 적은 안내문이 붙어 있었다. 율은 감탄한 나머지 고개를 끄덕끄덕했다.

'한성세책방이 아주 훌륭하군. 이만하면 류리창*에 있는 세책방들 못지않은걸.'

열 살 무렵 대신들과 청나라 북경에 갔을 때 봤던 세책방에 비교해도 뒤처질 것 같지 않았다. 그런데 바로 앞 '의서' 서가 맨 위에 《증수무원록**》이란 책이 보였다. 처음 보는 책이라 살펴보니 필사본이 아니라 목판본이었다.

'목판본도 있고 역시 규모가 남다르군.'

앵도가 눈을 휘둥그레 뜨고 물었다.

---

* 류리창: 중국 북경에 있으며 고서적 및 골동품, 미술품 점포가 즐비해 있는 거리.
** 증수무원록: 중국 원나라 법의학서 《무원록》을 증보하여 1792년에 조선에서 펴낸 법의학서. 살인 사건을 해결하는 데 참고했다.

"법의학서에 관심 있으십니까? 살인 사건이나 독극물 등을 다룬 책이라 찾는 손님들이 거의 없는데."

앵도는 여러 분야의 책을 골고루 많이 읽었지만 의서, 특히 법의학서도 제법 많이 알고 있었다. 예전에 외가에 살인 사건이 일어나 어머니가 골머리를 앓자 큰오라버니가 《증수무원록》을 보면서 범인을 찾아내던 걸 지켜보았기 때문이다. 앵도도 그중 몇 권을 흥미진진하게 읽었다. 하지만 율은 애서가여도 그쪽 분야는 관심도 없고 읽어 보지도 않아 사실대로 답했다.

"모르는 책이네. 눈에 띄어 본 것뿐이네."

"두루두루 보신다더니. 암튼 선현 문집을 좋아한다고 하시었지요? 그쪽 책을 권해 드리지요."

앵도가 '선현 문집류' 서가로 율을 이끌더니 책 하나를 꺼내 들고 말했다.

"《삼봉집》이라는 방각본˚인데 사대부들 애독서랍니다. 들어는 보셨는지요?"

"익히 알고 있네. 정도전 선생 문집 아닌가. 《삼봉집》에 내 애송시가 많다네."

건달 도령이 《삼봉집》을 알다니, 내심 놀랐지만 앵도는

˚ 방각본: 조선 후기에 민간의 출판업자가 출판한 책. 주로 목판으로 만든다.

태연한 척했다.

"그럼 한 수 읊어 보시렵니까?"

앵도로서는 건달 도령이 시 제목이나 주워들었을 뿐 시구 하나 제대로 읊지 못할 거라는 심산이었다. 율로서는 책비 주제에 손님한테 시를 읊어 보라니 방자하다는 생각이 들었지만, 한번 우쭐거리고 싶은 마음에 선뜻 입을 열었다.

봄바람은 멀리서 오는 손님과 같아

한 해에 한 차례 만나는구나.

맑고 넓어 본디 정함이 없지만 그 자취 있는 듯하도다.

가만히 꽃의 고움 보태 주고

늘어진 버들가지 가볍게 스쳐 간다.

홀로 애달파 시 읊는 나그네는

지금은 옛 모습 아니어라.•

'오, 제법인데? 어쩌다 한 수 외워 둔 거겠지?'

앵도는 시를 술술 암송하는 율에게 놀라면서도 자신도 좀 뻐겨 보고 싶었다.

"〈봄바람〉이군요. 시구가 퍽 아름답지요."

• 정도전의《삼봉집》중 〈춘풍〉을 한글로 풀이한 글.

'책비라면 주로 소설책을 읽을 텐데 삼봉 시 제목까지 꿰고 있네? 이 책비 뭐지?'

율은 앵도에게 왠지 마음이 끌려 다른 시도 툭 던져 보았다.

"그럼 삼봉 선생의 이 시도 아는가?"

　　띠풀로 엮은 지붕에 몇 칸짜리 작은 집

　　그윽하고 외져서 먼지가 없구나.

　　낮이 길어 책 읽기가 게을러지고

　　맑은 바람에 두건이 벗겨지네.*

앵도가 까만 눈망울을 초롱초롱 반짝이며 화답했다.

"〈시골에 살며〉 앞 소절이군요. 뒤 소절은 이렇지요."

　　푸른 산은 때때로 방으로 들어오고

　　밝은 달은 밤마다 이웃이 되어 주네.

　　어쩌다 번뇌를 내려놓았지만

　　세상 피해 사는 사람은 아니라네.**

* 　정도전의 《삼봉집》 중 〈촌거즉사〉 앞 소절을 한글로 풀이한 글.
** 　《삼봉집》 중 〈촌거즉사〉 뒤 소절을 한글로 풀이한 글.

율은 거듭 놀랍고 신기했다.

'일개 책비가 삼봉 시를 줄줄 읊다니. 총명했던 빈궁도 이 정도는 아니었는데.'

앵도도 율이 퍽 흥미로웠다.

'건달 도령이 삼봉 시 딱 두 편을 외워 뒀나 보군. 다른 책으로도 수준을 알아보자.'

앵도는 여행록 서가로 율을 데리고 가서 책 하나를 꺼내 들었다.

"이 책은 한문 기행록인 《표해록》으로서……."

앵도가 말을 마치기도 전에 율이 맞받았다.

"최부 선생 책이로군. 제주 앞바다에서 표류해 명나라에 닿았다가 왜구로 오인돼 갖은 고초를 겪고, 가까스로 조선 관인으로 인정받아 강남 지방을 지나고, 북경에 도착해 명 황제까지 알현한 후, 요동반도를 거치고 압록강을 건너 한양 땅에 도착한 이야기지."

앵도는 정말 깜짝 놀라고 말았다. 건달 도령이 《표해록》까지 훤히 꿰뚫고 있다니. 게다가 길게 이야기를 나눠 본 결과, 왈짜패라기보다는 지성인의 향기까지 물씬 풍기는 게 아닌가?

'독서력이 제법인걸? 성균관 우등생 빰칠 기세인데 정체가 뭐지?'

앵도는 건달 도령을 좀 더 시험해 보기로 했다.

"그럼 최부 선생이 명나라 어디 어디를 돌았는지도 아십니까?"

'하하. 감히 조선 최고 애서가, 세자 이율의 독서력을 떠보겠다 이거지? 오냐, 너의 방자함과 당참에 화답해 주마.'

율은 최부의 경유지를 생각나는 대로 주르르 읊었다.

"영파, 소흥, 항주, 소주, 양주, 산동, 천진 정도를 경유했지, 아마?"

"맞습니다! 조선 사람 중에 대국 강남 지방과 산동 지방을 여행한 것은 최부 선생이 처음이지요!"

앵도는 손뼉까지 치며 맞장구를 쳤다. 이쯤 되니 건달 도령에게 가졌던 나쁜 선입견이 조금 희석되는 듯했다.

'건달이긴 하되 맹탕은 아니고, 머릿속에 뭐라도 든 건달? 아니면 혹시 성균관 유생? 성균관 유생이라고 다 범생이는 아닐 테니까.'

율 또한 앵도에 대한 호감과 놀라움이 백만 배쯤 급상승했다.

'한문책도 읽는다고? 세책방 책비의 독서 수준이 이 정도로 높다니 놀랍구나.'

이반투가 끝난 후 손님들도 거의 빠져나갔겠다, 앵도는 건달 도령과 책 놀이를 더 해 보기로 했다. 그래서 다른 책

하나를 뽑아 들어 표지를 옷소매로 가리고는 물었다.

"이 책은 성균관 유생들의 최애서인데 맞혀 보시겠습니까? 한 선비가 청나라를 돌아보고 와서 자연, 교통수단, 의술, 천문학, 음악 등 청의 문물을 두루 소개한 연행록*입니다만……. 소설도 있고 재미있습니다."

'후후. 《열하일기**》 아닌가. 허나 모른 척해 보자. 어떻게 나올지 궁금하니…….'

율은 일부러 이맛살을 찌푸리며 대답했다.

"아픈 데를 찌르누만. 성균관 유생이 아니라 금시초문이군. 제목이나 알려 주게."

'그러면 그렇지. 소과***에도 떨어진 왈짜패 한량이 틀림없어.'

앵도는 자못 실망스러워 새초롬히 대답했다.

"모르시는군요. 연암 선생이 쓴 《열하일기》인데."

"《열하일기》? 그런 책이 있었는가? 기억해 두겠네."

바로 그때 건휘가 와서 율에게 귓속말을 했다.

"그만 돌아가실 시간입니다. 너무 지체하셨습니다."

*   연행록: 사신이나 그 수행원이 중국을 다녀와서 보고 느낀 것을 쓴 기행문.
**   열하일기: 조선 정조 때에 연암 박지원이 지은 책. 중국 청나라에 가는 사신을 따라 러허강까지 갔을 때의 기행문으로 <허생전>, <호질> 따위의 단편 소설도 실려 있다.
*** 소과: 생원과 진사를 뽑던 과거. 초시와 복시가 있었다.

아까 이야기 삯을 걸었던 보리도 서가를 돌아다니며 소리쳤다.

"곧 영업을 마칩니다. 책 빌릴 손님들은 서두르십시오!"

세책방에 조금 더 있고 싶었지만 그럴 수가 없었다. 율은 앵도에게 말했다.

"《열하일기》를 빌려 갈 테니 세책부에 적게나."

"모두 26권 10책이고 한문으로 쓰여 있는데 보실 수 있겠습니까?"

앵도가 놀림 반 걱정 반 섞어서 물었고 율은 능청스럽게 대답했다.

"성균관 유생들의 최애서라니 힘들더라도 읽어 보겠네. 앞의 몇 책만 빌려주게."

"예. 그럼 성함과 주소는?"

"이름? 아, 건휘, 이건휘라고 적게. 그리고 주소는……."

율이 순발력 있게 좌익위 이름을 둘러댔지만 주소는 대지 못하자 건휘가 얼른 자기 집 주소를 읊었다. 앵도는 세책 장부에 이름과 주소를 적은 후 다짐을 놓았다.

"책에 낙서를 하거나 책장을 찢으시면 안 됩니다. 음화를 그려 놓으면 더더욱 안 되고요. 요즘 그런 양아치 손님들이 많아 골치가 아프거든요."

율이 발끈했다.

"내가 어디를 봐서 그런 짓 할 사람으로 보이는가? 나름 지성인이네."

"예예, 그러실 테지요. 대여 기간은 열흘입니다. 반납이 늦어지면 연체료 물리는 거 알아 두시고요."

"연체 안 할 테니 걱정 붙들어 매게."

앵도에게서 책을 받아 들고 율과 건휘는 한성세책방을 나왔다. 대여료는 담보를 맡겨도 되지만 건휘가 깔끔하게 현찰로 지불했다. 세책방을 나와 걸어가며 건휘가 말했다.

"저하, 오늘 좀 알쏭달쏭하십니다. 세책방 조사를 나오신 건지, 앵도 책비하고 라만사* 쓰시는 건지."

"라만사가 뭔가?"

율이 묻자 건휘가 젠체하며 대답했다.

"남녀 사이의 사랑 이야기라는 뜻의 양국** 말을 한자로 음역한 것이랍니다. 청나라 사람들이 쓰는 말입니다."

"청나라 말 좀 배운다고 별걸 다 아는군."

"배우는 기쁨이 있습니다. 아무튼 오늘 앵도 책비하고 라만사 쓰신 거 맞지요?"

"무슨 헛소린가. 한성세책방이 한성에서 제일 큰 책방이

---

*　라만사(罗曼史): 영어 'romance'를 한자음으로 나타낸 말.
**　양국: 서양 나라.

라니 살펴본 것뿐이네."

"책비하고 독서 토론을 하시던데요? 앵도 책비를 보시는 눈빛도 유난하시고요."

"책비 수준을 조사해 본 것이네. 전기수에 비해 어떤가 하고."

"그러시군요. 근데 《열하일기》는 왜 빌리셨습니까? 규장각에도 있고, 은진재에도 있을 텐데요."

"좌익위! 이럴 텐가!"

율은 얼굴이 벌게져서는 성큼성큼 앞서 걸었다. 건휘가 한마디 더 보탰다.

"제 이름 빌린 값은 내실 거지요?"

책비 궁녀를 모집하노라

전기수의 반가 출입이 금지되면서 세책방의 책비 출장 사업은 호황을 누렸다. 한성세책방에서 시작된 '오늘의 책비' 이반투도 다른 세책방에까지 번지며 인기를 끌었다. 그래도 여전히 장안 최고 세책방은 한성세책방이요, 최고 인기 책비는 앵도와 찔레였다.

조 책쾌는 앵도의 인기가 높아질수록 노심초사했다. 앵도의 진짜 정체가 탄로 날까 두려워서였다. 그래서 앵도를 앞에 내세우지 않고 필사나 서가 정리만 시키려고도 했지만 앵도가 마다했다. 세상 속으로 나와 있어야 진실을 밝힐

63

기회도 오리라는 생각 때문이었다.

어느새 세책방 책비와 '오늘의 책비' 이반투에 대한 소문은 대궐에까지 퍼졌다.

하루는 율이 일과를 모두 마치고 《광통교 연가》를 읽고 있을 때였다. 이미 세 번이나 보았지만, 왠지 장면 장면이 자꾸만 생각나 네 번째 탐독 중이었다. 상사병이라도 난 듯 읽고 또 읽어도 물리지 않으니 신기한 일이었다. 세책방 이반투에서 앵도를 만나고 온 뒤로는 더 그랬다. 그때 밖에서 동궁 내관이 소리 높여 외쳤다.

"세자 저하! 공주마마 듭시옵니다!"

장지문이 사르륵 열리며 효린 공주가 들어왔다. 매화꽃이 수놓인 연분홍색 당의에 화려한 금박이 아랫단에 박힌 남색 스란치마를 입고 진분홍 연꽃이 새겨진 하얀 버선을 신은 모습이었다. 하지만 발걸음 소리부터 얌전하지 않은 것이 뭔가 심상찮았다.

"효린아, 이 시간에 웬일이냐? 가까이 와 앉거라."

율보다 두 살 아래인 효린 공주는 율이 이 세상 누구보다도 아끼고 사랑하는 존재였다. 어마마마인 덕화 왕후를 어린 나이에 여읜 공주를 생각하면 늘 가슴 한 자락이 시리도록 아파 오기에 더욱 귀애했다.

공주는 가까이 앉기는 했으되, 고개를 외로 꼰 채 새치름

한 표정으로 말했다.

"오라버니한테 간청드릴 게 있어서 왔어요. 책비 궁녀 아시지요? 할마마마한테 그거 좀 뽑지 말라고 해 주세요."

"책비 궁녀? 그게 무엇이냐? 금시초문이구나."

"모르셨어요? 할마마마가 오라버니와 상의하신 줄 알았는데……. 저를 위해 새로 뽑는다는 궁녀예요. 요즘 장안에서 책비들이 인기 폭발인데 책비 궁녀라도 들여서 제가 글을 가까이하도록 만드시겠다나 뭐라나. 참 나, 책비가 뭐라고."

율은 대뜸 앵도가 생각났다. 《열하일기》를 빌려다 놓고 아직 돌려주지 못했다는 것도 떠올랐다. 어쨌든 대비가 책비 궁녀를 들이려는 이유는 충분히 이해가 갔다.

'공주가 종학*에서 공부할 때 한눈을 팔고 툭하면 땡땡이를 쳐서 걱정하시더니…….'

요즘 대비 정씨는 공주 문제로 수심이 가득했다. 다섯 살 때 생모 덕화 왕후를 여읜 후 대비와 보모상궁 품에서 애지중지 자라 온 공주가 종학 교육을 마다하고 책도 멀리하기 때문이었다. 아무리 유능한 문신을 종학관으로 배치한들 소용없고, 상궁이나 나인 중에서 책깨나 읽는 자를 가

* 　종학: 왕족의 교육을 담당하던 기관.

까이 두어도 효과가 없었다. 그래서 고심 끝에 세책방 책비 중 적당한 자를 뽑아 공주의 책비 궁녀로 들이고 싶노라고 중전 민씨에게 얘기를 해 놓은 상태였다. 궁녀들이 속한 내명부*를 지휘하는 사람은 대비가 아닌 중전이었기에 그리한 것이었다.

조선 왕실 사상 처음 뽑는 책비 궁녀이고 공주에 관한 일인데, 왜 할마마마가 미리 언질을 주지 않으셨을까 의아했다. 하지만 내명부의 일이라 중전이 허락하지 않았거나 아직 결정되지 않은 일일 수도 있었다. 어쨌든 율은 책비 궁녀 뽑는 걸 반대할 이유가 없었다. 아무리 공주라 해도 기본적인 독서 교육은 받아야 하고, 한성세책방 책비 오가 앵도를 접해 본 바, 소설책뿐 아니라 다른 분야 책들도 두루 알고 있는 책비가 들어온다면 공주에게 분명 도움이 될 것 같았다.

'할마마마께 책비 궁녀를 뽑는 게 좋겠다고 말씀드려야겠다.'

율이 이렇게 생각하고 있는데 공주가 계속 투덜거렸다.

"《내훈》, 《소학》, 《여훈》, 《열성록》……. 그 지긋지긋한 책들을 종학관이 읊든, 책비가 읊든 그게 그거잖아요! 《광

---

* 내명부: 궁중에서 품계를 받은 여인을 통틀어 이르던 말.

통교 연가》 같은 책이면 몰라도요!"

율이 눈을 휘둥그레 떴다.

"《광통교 연가》를 읽었느냐?"

"그럼요. 요새 그 책 안 읽은 청춘남녀가 어디 있어요. 오라버니도 한번 읽어 보세요. 누가 썼는지 정말 재미나거든요. 어쨌든 할마마마한테 책비 궁녀 뽑지 말라고 하세요. 뽑아서 보내서도 당장 내쫓아 버릴 거니까."

공주는 자기 할 말만 하고는 쌩하니 가 버렸다.

'책을 멀리하는 공주가 《광통교 연가》는 재미있게 읽었다니! 역시 책비 궁녀를 들이는 것이 좋겠다. 처음엔 소설책 위주로 읽히다가 차차 다른 책까지 읽히면 되니까…….오가 앵도면 딱이겠는데. 당돌한 게 흠이어도 총명한 데다 사람 마음을 끄는 매력도 있으니…….'

바쁘긴 해도 다시 운종가 세책가에 나가 봐야겠다고 율은 생각했다. 《열하일기》도 돌려주고 앵도 얼굴도 한 번 더 볼 겸.

❈

앵도와 찔레가 반가에서 소설책을 읽어 주고 돌아오는 길이었다. 종루 앞 담벼락 벽보판에 책비들이 모여 웅성

거리고 있었다. 가서 보니 벽보판에 큼직한 방이 붙어 있
었다.

책비 궁녀 특별 공개 채용

대궐에서 책비 궁녀 일 인을 구하는 바,
한성부 소재 세책방 소속 책비 중 삼 년 이상
활동한 십칠 세 이하의 책비는 한 사람도
빠짐없이 신상을 적어 올리도록 하라.
예심을 통과한 자를 대상으로 본심을 거쳐
최종 합격자를 선발하며
책비 궁녀에게는 정식 나인에 준하는
지위를 부여한다.

　율이 중전에게 공주를 위한 책비 궁녀를 뽑자고 적극적
으로 말했고, 결국 중전이 허락한 것이었다. 율은 책비 궁
녀를 들임으로써 전기수 대신 책비가 백성들에게 널리 알
려지는 계기가 될 것이기도 하려니와, 직접 세책방 조사를
해 본 결과 책비들의 자질이 높은 것을 알게 됐다는 점을
중전에게 강조했다.
　중전 민씨는 딱히 책비 궁녀를 들이고픈 마음이 없었다.

전 왕비인 덕화 왕후 소생인 공주가 책을 읽든 말든, 종학 교육을 받든 말든 관심이 없었기 때문이다. 그렇대도 대비와 세자가 원하는데 허락하지 않을 명분이 없었다. 다만 책비 궁녀는 특별한 직책이니, 채용 심사는 물론이고 입궁 교육이나 입궁 후 관리도 대비전과 공주전에서 직접 하는 것을 조건으로 내걸었다.

율은 앵도를 데려오고픈 마음이 컸지만 대비의 깐깐한 성품을 아는지라 선뜻 추천하기가 저어되었다. 광통교에서 잠깐 마주친 것 한 번, 이반투 하는 날 길게 만난 것 한 번, 이렇게 단 두 번 보았기에 확신이 서지 않기도 했다. 《열하일기》를 돌려주려 한성세책방에 갔을 때는 앵도가 없어 만나지 못했다. 한 번만 더 만난다면 앵도에 대해 확실히 파악할 수 있을 것 같았는데 아쉬움이 컸다.

벽보판에 붙은 방을 가리키며 책비들이 한마디씩 했다.

"책비 궁녀를 뽑는다니, 기절초풍할 사건이네!"

"생각시*도 아니고 정식 나인으로 채용한다니!"

"근데 누구를 위한 책비 궁녀일까요? 주상 전하, 세자 저하, 아님 중전마마?"

"동궁전 소속이면 좋겠다. 그렇담 세자 저하에게 승은

---

* 생각시: 관례를 치르지 않아 새앙머리를 땋은 어린 궁녀를 이르던 말.

입을 기회도 있을 텐데. 와, 설렌다."

"입방정 좀 그만 떨어. 궁녀가 뭐가 좋니? 한번 궁에 들어가면 다 늙어서야 나오는구먼."

궁녀를 뽑는 데는 일정한 격식이 없고 10년에나 한 번씩, 그것도 알음알음으로 뽑는 마당에 책비 궁녀를 공개적으로 모집한다니, 그것도 생각시도 아니고 내명부 품계를 받는 정식 나인으로 채용한다니 눈이 휘둥그레질 소식이었다.

'책비 궁녀? 처음부터 정식 나인이 된다고?'

앵도는 다른 까닭으로 솔깃했다. 방을 보는 순간 아버지가 마지막으로 남긴 말이 떠올랐기 때문이다. 분명 '대궐'이라는 단어가 들어 있었다.

'책비 궁녀가 돼서 궁에 들어가면 아버님의 누명을 벗기는 일에 도움이 되지 않을까?'

물론 궁에 들어갔다가 오히려 정체가 탄로 나 큰 위험에 처할 수도 있다. 하지만 호랑이를 잡으려면 호랑이 굴에 들어가야 하는 법.

'지원은 다 해야 하니 혹시 예심에 합격하면 하늘의 뜻이라 여기고 본심에 최선을 다해 보자.'

앵도가 이렇게 생각하는데 찔레가 걱정스레 말했다.

"우리 둘 다 무조건 지원해야 하는데, 혹시 뽑히면 어떡하지?"

"왜요? 합격하면 당장 나인 대우를 받는데요? 월봉*도 많고, 가만히만 있어도 정오품 상궁까지는 될 수 있으니 나쁘지 않잖아요. 뭣보다도 언니는 책비 궁녀 후보 1순위야. 언니만 한 책비가 어디 있어요?"

"그런 소리 마. 나는 책비 궁녀 안 할 거니까. 대궐 법도가 층층시하에 얼마나 엄한 줄 아니? 평생을 궁에 갇혀 사는 건 생각만 해도 끔찍해. 너도 꿈도 꾸지 마."

"대궐 법도가 엄한 거야 삼척동자도 다 알지요. 평생을 궁에 갇혀 사는 것도 답답할 거고요. 그래도 우리는 무조건 지원해야 하잖아요."

"예심을 통과한다면 난 본심에서 일부러 실수라도 해서 떨어질 거야. 궁녀는 할 짓이 못 돼. 동네 언니가 궁녀가 돼서 좋아했는데, 우물귀신으로 죽어 나왔다고."

"무슨 말인지 알겠어요. 근데 나는 좀 더 생각해 볼래."

"네 마음이니 내가 뭐라고 하겠니? 그래도 잘 생각했으면 좋겠다."

"그럴게요. 언니도 잘 생각해요."

말은 이렇게 했지만 앵도는 세책방으로 가는 내내 심란

---

* 월봉: 궁녀들이 받는 월급.

했다. 찔레도 아무 말이 없었다.

❈

　며칠 후, 종루 담벼락 벽보판에는 책비 궁녀 예심 결과를 알리는 방이 붙었다. 예심 합격자는 일곱 명이었는데, 예상 했던 대로 명단에 앵도와 찔레의 이름이 있었다. 앵도는 예심을 통과했으니 본심에서 최선을 다하겠다고 생각했지만 찔레는 얼굴에 먹구름이 그득했다.

　책비 궁녀와 관련해 근심 많은 또 한 사람이 있었으니 바로 조 책쾌였다. 하루는 조 책쾌가 앵도를 한성세책방의 가장 안쪽에 있는 목련 서고 옆 집무실로 불렀다. 앵도가 들어가자 조 책쾌가 심각한 표정으로 말했다.

　"아기씨, 책비 궁녀 본심에 가시면 무조건 떨어지셔야 합니다. 실수를 해서라도 떨어지셔야 합니다. 궁에 들어가는 순간 아기씨는 화약고에 들어가는 격입니다."

　짐작했던 얘기라 앵도는 덤덤히 대답했다.

　"내 생각은 다르다네. 나는 아버님이 쓰신 누명을 벗기고 우리 가문의 명예를 되찾지 않고는 살아갈 이유가 없네. 책비 궁녀로 뽑혀 궁에 들어갈 수 있다면 그 일을 하는 데 도움 되는 점이 있을 게야. 본심에서 최선을 다하고자

하네."

조 책쾌의 얼굴이 흙빛으로 어두워졌다.

"아기씨의 비통함을 어찌 모르겠습니까. 하지만 궁에 들어간다고 어찌 진실을 밝힐 수 있겠습니까? 위험할 뿐입니다. 설훈 도련님이 걱정되어서라면 어떡해서든 곧 한양으로 모셔 올 터이니 소인을 믿고 기다려 주십시오. 반드시 본심에서 떨어지셔야 합니다."

"설훈이를 위해서라도 책비 궁녀가 돼야겠네. 부모님 따라, 오라버니들 따라 세상을 하직하고 싶었지만 이 악물고 살아가는 이유는 오직 한 가지일세. 아버님의 누명을 벗겨 드리고 윤씨 가문의 명예를 되찾는 것, 설훈이를 구해 내는 것, 그것이 내 일생 목표이니 말리지 말게."

조 책쾌가 한숨을 내쉬었다.

"아기씨, 어쩌시려고……. 무모한 일입니다."

"먼저 나가겠네."

앵도는 사무실을 나와 서가에서 책 여남은 권을 빼 들고 목련 서고를 나섰다. 조금 전 조 책쾌 앞에서 위엄 있던 아기씨의 모습은 온데간데없고 그저 당차고 씩씩한 일개 책비의 모습이었다.

공주마마를

울린 죄

책비 궁녀 본심을 치르는 날이 되었다. 사시 초*까지는
대궐 심사장에 도착해야 해서 앵도와 찔레는 아침을 먹고
일찌감치 한성세책방을 나섰다. 운종가를 지나 한참을 걸
은 끝에 창덕궁 단봉문** 앞에 다다랐다. 수문군에게 책비
궁녀 본심을 치르러 왔다고 하자 이름과 나이, 소속 세책방
을 장부에 적게 하고 출입패를 주었다. 둘은 수문군이 가리

* 사시 초: 오전 9시를 뜻하는 말.
** 단봉문: 서울 창덕궁의 돈화문 왼쪽에 있는 문. 왕실 친족이나 궁녀, 내
시, 잡일꾼 들이 출입하는 문이었다.

키는 대로 안쪽 구석으로 들어갔다. 먼저 도착한 책비 서넛이 소곤소곤 이야기를 나누고 있었다.

"휴우, 오늘 어떡해서든 떨어져야 하는데. 앵도 너는 어쩔 셈이니?"

찔레가 한숨을 내쉬며 물었다. 앵도는 솔직히 말했다.

"언니, 저는 최선을 다해 볼래요. 책비도 괜찮은 직업이지만 궁녀만은 못하잖아. 책비 궁녀로 뽑히도록 열심히 해 볼래요."

찔레가 고개를 주억거렸다.

"알겠어. 누구나 생각은 다르니까."

앵도는 가만히 주위를 둘러보았다. 대궐은 드넓고 아름다웠다. 오방색으로 단청이 그려진 처마, 격조 높은 전각들, 곳곳에 있는 꽃나무까지 모두 특별해 보였다.

'아버님께서는 이곳을 매일 드나드셨겠지.'

위엄 있으면서도 인자했던 아버지 모습이 떠올라 그리움이 물밀듯 밀려왔다. 자상했던 어머니와 우애 깊었던 오라버니들, 식구들 사랑을 독차지했던 막내 설훈도 너무 보고팠다. 한편으로는 마음이 너무나 무겁고 아파 왔다.

'대역 죄인 누명을 쓰고 고초를 겪으실 때 아버님은 얼마나 억장이 무너지셨을까. 대궐에서 억울한 일을 겪으셨으니 이 안에 진실이 있을 거야. 본심을 잘 치러서 책비 궁녀

가 되자. 여기서 진실을 밝혀 보자.'

파란 하늘을 우러러보며 앵도는 굳게 다짐했다. 그사이 본심을 치를 책비 일곱 명이 모두 도착했다. 대비전에서 온 나인들이 책비들을 본심 심사장으로 안내했다.

⊛

"다음 손가 찔레! 앞에 놓인 낭독본을 읽도록 하라."

"예, 분부 따르옵니다."

대비전 상궁이 지시하자 찔레가 대비 정씨와 효린 공주에게 공손히 묵례했다. 본심을 치르는 일곱 명의 책비 중세 명이 낭독 시험을 치렀고, 네 번째로 찔레 차례가 된 것이다. 책비들은 심사장에 도착해서야 책비 궁녀가 공주전 소속이며 대비와 공주가 심사관이라는 사실을 알게 되었다. 대비는 엄하면서도 자상한 구석이 보이는 반면 효린 공주는 고운 얼굴에 계속 뾰로통한 표정을 짓고 있었다.

책비들은 일문일답 형식의 기본 면접을 한 후, 주어진 낭독본을 일다경* 동안 읽는 낭독 시험을 치렀다. 무엇보다도 낭독을 잘하느냐 못하느냐가 합격의 승패를 가르는 것 같

---

* 일다경: 차 한 잔을 마실 정도의 시간을 뜻하는 말. 10분~15분 정도.

았다. 다만 읽어야 하는 낭독본은 똑같지 않고 소설책, 산문집, 역사서 등 책비마다 다 달랐다. 서안*에 놓인 낭독본 표지에 아무런 글자가 없어 펼치기 전에는 어떤 책을 읽어야 하는지 알 수 없는 것도 긴장감을 더했다.

찔레가 긴장한 표정으로 낭독본을 들어 올리더니 책장을 펼치고 찬찬히 읽기 시작했다.

심 봉사가 이러구러 대궐 앞으로 가니,

지팡이 짚은 소경들이 몰려

북적북적 난리도 아닌지라.

심 봉사도 소경들 틈에 섞여 대궐 잔치마당으로 갔지.

가서는 더듬더듬 멍석 끄트머리에

겨우 자리를 잡고 앉았는데,

이때 왕비 심청은 소경 잔치를 베풀어 놓고는

행여 아비가 왔는지 소경들이 오는 대로

이름과 나이를 물어보고 있었더라.

그렇지만 잔치가 다 끝나 가도록

심학규 이름은 들을 수 없고

아비는커녕 그림자도 안 보이니……

• 　서안: 책을 얹던 책상.

《심청전》 결말 부분이었다. 찔레의 목소리는 낭랑하기도 하고 처량하기도 하면서 듣기에 딱 좋았다. 장면 장면에 어울리게 애절한 느낌까지 보태져 듣는 사람들도 그 감정에 푹 빠질 지경이었다.

대비는 눈을 지그시 감은 채 벌써 이야기에 몰입한 듯했고 줄곧 뾰로통하던 공주도 표정이 달라져 있었다. 찔레는 《심청전》을 차분히 읽어 내려갔다. 드디어 심청과 심 봉사가 해후하는 대목에 이르렀다.

……이윽고 심 봉사가 기구한 사연을 털어놓는데,
"글쎄 말이지요, 못난 아비 눈 뜨게 해 주겠다고,
하나뿐인 딸이 인당수 제물이 되었습니다.
……인당수에 빠져 죽은 내 딸 이름이 뭔고 하니……
청이요 청이, 심청이올시다!"
심 봉사가 이 말을 하자마자
심청이 버선발로 달려 나가 심 봉사를 얼싸안거늘,
"아이고 아버지. 어디 계시다가 이제사 오시었소?
왜 여태 눈을 못 뜨시었소!
아이고 아버지! 제가 바로 아버지 딸 청이올시다!"
하는지라.

그때였다. 갑자기 공주가 울음을 터뜨렸다. 찔레는 물론 대비와 다른 책비들도, 상궁과 궁녀들도 너무 놀랐다.

'돌아가신 어마마마가 생각나서 저러시나 보다. 나도 부모님 생각이 나는데 오죽하실까.'

앵도는 덩달아 울음이 나오려는 걸 애써 꾹 참았다.

공주는 울음을 쉽게 그치지 않았고 아예 펑펑 울며 통곡을 했다. 대비가 달래고 보모상궁도 얼렀지만 소용없었다. 그렇게 한참을 울고서야 공주는 가까스로 울음을 그쳤고, 그제야 찔레는 다음 대목을 읽기 시작했다. 그런데 조금 전과는 달리 자꾸만 실수를 했다. 매끄럽게 읽지 못하고 버벅대는가 하면 중요한 대목을 건너뛰기도 했다. 앵도는 속짐작을 했다.

'언니가 떨어지려고 일부러 저러는 건가? 처음부터 못 읽는 티를 내면 대비마마께서 눈치채실 테니 어느 정도 읽고 나서 저렇게……'

아니나 달라, 찔레가 낭독을 다 마치고 나자 대비가 엄히 물었다.

"너는 앞부분은 잘 읽더니만 뒷부분은 어찌 그따위로 읽는 게냐? 네가 장안에서 내로라하는 책비라던데, 궁녀로 뽑히기 싫어 일부러 수작을 부리는 게냐?"

찔레가 새파래진 얼굴로 바닥에 납작 엎드렸다.

"대비마마, 절대 그렇지 않사옵니다. 대비마마와 공주마마 앞에서 죽기를 각오하지 않고서야 어찌 감히 실수를 가장하겠습니까. 그게 아니오라 공주마마께서 통곡을 하시는 바람에 너무 놀라 저도 모르게 그리되었습니다. 《심청전》을 숱하게 낭독하고 청객을 숱하게 울렸지만 공주마마처럼 통곡까지 한 경우는 처음이었던지라……."

앵도는 찔레의 말이 거짓이 아니라고 생각했다. 대궐에 오기 전까지만 해도 책비 궁녀가 되기 싫다고, 그래서 일부러 실수를 해서라도 떨어지겠노라고 말했지만, 적어도 앵도가 아는 찔레는 진실한 사람이었다. 거짓을 모르는 사람이었다.

다행히 대비의 얼굴에서 노여움이 걷히고 말소리가 부드러워졌다.

"그랬다면 다행이구나. 우리 공주가 어미 생각이 나서 통곡을 한 모양이다. 아니 그런가요, 공주?"

대비가 따뜻한 눈길로 묻자, 공주가 눈가에 눈물방울을 매단 채 배시시 웃었다. 앵도는 그 모습을 보며 공주가 여리고 선한 사람이라고 생각했다.

찔레의 차례가 끝나고 앵도 순서가 되었다. 앵도는 대비와 공주에게 묵례한 후, 서안 위에 놓인 낭독본을 펼쳐 맨 첫 장을 보았다.

오른쪽에 《어제내훈*》이란 제목이 있고 그 옆으로는 '언행장'이라는 소제목과 함께 본문이 이어져 있었다. 《어제내훈》은 《내훈》이라고도 하는데 《소학》, 《여훈》, 《열녀전》 등과 마찬가지로 여성이 갖춰야 할 행실과 규범을 일방적으로 강조한 책이었다. 반가 규수의 필독서인지라 어릴 때 두어 번 정독하기는 했지만 앵도 자신도 좋아하지 않는 책이고, 책비가 된 후에도 낭독한 적이 없었다.

'이 고리타분한 책을 낭독해야 하다니 느낌이 안 좋은데?'

불길한 예감을 떨쳐 낼 수 없었지만 본심에 최선을 다하기로 결심한 터, 앵도는 침착하게 《어제내훈》 '언행장'을 읽기 시작했다.

이씨 여계에 이르기를,

마음에 간직한 것이 정이요,

입에서 나오는 것은 말이니,

말은 영화와 욕됨,

친함과 멂의 관계를 좌우하는 것이며

* 어제내훈: 성종의 어머니인 소혜 왕후가 1475년에 부녀자 교육을 위하여 편찬한 책.

문의 돌쩌귀같이 중요한 것이다.

또한 단단한 사이를 멀어지게도 하며…….

몇 줄 읽지도 않는데 공주가 빽 소리쳤다.

"그만 그만! 안 그래도 고리타분한 책을 더 고리타분하게 읽네! 그만 읽어!"

대비가 공주를 타일렀다.

"공주, 심사 중인데 이러면 쓰나요. 조금만 더 들어 보세요."

공주는 막무가내였다.

"싫어요, 더 들으나 마나 뻔해요. 얼른 다른 책비나 심사해요. 안 그러면 가 버릴 거예요."

할 수 없이 앵도는 끝까지 다 읽지도 못한 채 서둘러 낭독을 마쳐야 했다. 이어 나머지 책비 두 명이 낭독을 했지만 공주는 특별한 반응을 보이지 않았다. 그렇게 해서 본심이 끝났다. 결과는 두어 식경* 후 알려 주겠다고 상궁이 말했다. 책비들은 심사장에서 계속 대기해야 했다.

* 식경: 밥 한 끼를 먹을 동안이라는 뜻. 한 식경은 30분 정도.

본심 결과 발표 시간이 다가올수록 찔레는 덤덤한 눈치였다. 본심 치르기 전만 해도 그렇게 책비 궁녀가 되기 싫다고 하더니……. 앵도는 찔레가 붙고 자신은 불합격일 거라고 생각했다. 공주가 낭독을 중단시켰는데 붙을 리 없었다.

'지금은 때가 아닌 것 같으니 마음을 비우자. 꼭 책비 궁녀가 되어야만 아버님의 누명을 벗길 수 있는 것도 아닐 테고.'

곧 대비전 상궁이 와서 찔레를 호명했다. 다른 책비들이 축하를 보냈고 찔레는 공손히 감사 인사를 했다. 상궁이 찔레에게 말했다.

"손가 찔레는 세책방에 돌아가는 대로 속히 준비하여 이레 후에 정식으로 입궁하게."

앵도와 찔레는 대궐을 나와 나란히 한성세책방으로 향했다. 앵도가 먼저 말문을 뗐다.

"언니, 축하해도 되죠? 궁살이가 층층시하라지만 언니는 잘할 거야. 정기 휴가도 있고 특별 휴가도 있다니까 공주마마께 잘 보여서 세책방에 자주 놀러 와야 해. 알았죠?"

앵도가 말하자 찔레가 입가에 미소를 지었다.

"고맙다 앵도야. 공주마마 울린 죄로 책비 궁녀가 됐네."

"언니, 무슨 말을 그렇게 해?"

"나쁜 뜻이 아니라 사실이 그렇다는 거야. 솔직히 아까 시험 치르기 직전만 해도 책비 궁녀 되기 싫었어. 근데《심청전》을 읽을 때 공주마마가 통곡을 하셨잖아. 그 모습을 보니 공주마마의 책비 궁녀가 되어도 좋겠다는 생각이 들더라. 책으로 마마와 통했다고나 할까?"

"언니가 워낙 속정이 깊지요."

"공주마마가 아기 적에 어마마마를 여의셨다잖니. 대비마마도 말씀하셨지만 심청이랑 심 봉사가 해후하는 대목에서 어마마마 생각이 나서 우신 거고. 나도 부모님을 여의어서 공주마마 눈물이 가슴에 박히더라."

"역시 우리 찔레 언니야. 나도 언니가 그 대목 읽을 때 울 뻔했잖아."

"그랬어? 암튼 그런 생각이 머릿속에 가득 차 있으니 나중에 읽을 때는 실수를 하게 되더라. 근데 공주마마가 예민하신 면도 있는 거 같아. 앵도가《어제내훈》읽을 때 까칠하게 반응하셨잖아."

"맞아. 근데 나도 그 책 싫어해서 공주마마가 이해되기도 했어."

"그렇긴 하지. 아무튼 앵도야, 이왕 책비 궁녀가 됐으니 잘해 볼래. 공주마마께 좋고 재미난 책, 많이 읽어 드릴래."

"언니가 이렇게 마음먹은 걸 보니 너무 좋다. 여기서 중요한 거 한 가지, 언니가 궁에 가더라도 우리 우정은 영원한 거다? 배신하기 없다?"

앤도가 따지듯 말하자 찔레가 환한 웃음을 터뜨렸다.

"하하. 당연하지! 우리 우정을 누가 갈라놓겠니!"

앤도도 찔레의 허리를 껴안으며 소리쳤다.

"아무렴. 우리 우정은 영원히 영원해!"

비바람 속의 결심

찔레가 입궁한 후 앵도는 너무 허전했다. 멸문지화를 당해 모든 것을 잃은 후, 앵도가 처음으로 마음을 열었던 사람이 찔레였다. 그래서 빈자리가 더 크게 느껴졌고 궁으로 간 뒤로 소식을 들을 수 없으니 더더욱 그리웠다.

그럴수록 앵도는 더 열심히 세책방 일을 하고 필사도 더 많이 했다. 일에 파묻혀 있을 때만큼은 허전함을 잊을 수 있었다. 다행히 보리와 같이 방을 쓰게 되면서는 외로움이 조금 덜해지긴 했다. 보리는 붙임성이 좋고 상냥한 데다 찔레만큼이나 착하고 다정한 아이였다.

아버지가 남긴 말의 실마리를 찾는 일은 지지부진했다. 출장을 나갔다가 시간이 날 때면 혹시나 싶어 옛집 근처를 기웃거려 보기도 하고, 어머니를 따라 백일 불공을 드리러 다니던 절에 가서 몇 번이나 기도를 올리고 오기도 했지만 아무런 성과가 없어 답답하기만 했다. 그러나 몇 년, 아니 몇십 년이 걸릴지라도 진실을 밝혀내리란 결심은 변하지 않았다.

잠시 쉴 때면 뜬금없이 건달 도령 이건휘가 생각나기도 했다. 세책방을 비운 사이에《열하일기》를 돌려주고 간 뒤로는 나타나지 않아 더 그런 듯했다. 그렇다고 깊게 생각하거나 기다리진 않았다. 그저 세책방이나 저잣거리에서 비슷하게 생긴 사람을 보면 혹시나 하며 눈여겨보는 습관이 생긴 정도였다.

엿새 후가 망종*이라 초여름에 가까운 날이었다. 앵도가 기방에 출장을 갔다가 한성세책방으로 돌아오니 찔레를 가운데 두고 책비들이 둥그렇게 모여 앉아 이야기꽃을 피우고 있었다. 앵도는 다다닥 달려가 찔레를 와락 껴안았다.

"언니, 보고 싶었어요! 그래도 이렇게 빨리 볼 줄은 몰랐는데."

• 　망종: 이십사절기의 하나로 6월 6일 무렵이다.

찔레가 앵도의 얼굴을 쓰다듬으며 눈시울을 붉혔다.

"응, 궁녀 교육을 속성으로 받아서 빨리 나올 수 있었어. 잘 있었지? 나도 앵도가 너무너무 보고 싶었어."

"아, 그랬구나. 휴가 받은 거예요?"

"아니, 공주마마께서 사가에 보내는 서찰을 전하고 돌아가는 길에 잠깐 들렀어. 세책방에 들렀다 와도 된다고 공주마마가 먼저 말씀해 주셨어."

"정말? 공주마마가 언니를 예뻐하시나 보다."

"응, 새침하실 줄 알았는데 감사하게도 나를 많이 예뻐해 주신단다."

"그럴 줄 알았어. 언니 싫어할 사람이 세상에 없잖아."

앵도는 너무 반갑고 기뻤다. 찔레가 입궁한 후 소식이 없어 걱정했는데 공주마마 총애까지 받고 있다니 더욱 좋았다. 다른 책비들이 재촉했다.

"찔레 언니, 아까 하던 그 얘기, 마저 해 봐요. 세자 저하 얘기 말이에요."

"에고, 함부로 얘기하면 안 되는데. 하나만 해 줄게. 세자 저하를 딱 한 번 뵀다고 했잖아. 근데 공주마마를 진짜 아끼시는 것 같더라. 공주마마도 세자 저하를 무척 따르시고."

"우애가 깊으신가 보네요. 근데 세자 저하는 어떻게 생기셨어요?"

어린 책비가 호기심 가득한 눈으로 물었다. 찔레가 생긋 웃으며 대답했다.

"먼발치에서 뵈었는데 머리끝에서 발끝까지 그냥 저절로 빛이 환하게 나더라. 한양에서 제일가는 미남자라시잖아."

"정말요? 듣기만 해도 설렌다."

"와, 미남자이시기까지!"

책비들이 꿈꾸는 듯한 표정으로 조잘거렸다. 찔레가 말을 덧붙였다.

"세자 저하는 세상에서 읽지 않는 책이 없을 정도로 애서가시래. 까칠하고 깐깐하신 게 흠이긴 하지만."

"세자 저하씩이나 돼서 안 까칠하고 안 깐깐하시면 이상하죠. 나도 한 번 뵀면 소원이 없겠다."

"나도! 찔레 언니는 좋겠다. 궁에 있으니 자주 뵐 거 아냐."

그중 나이 많은 책비가 호들갑을 떨었다.

"동궁전 책비 궁녀는 안 뽑는대요? 세자 저하께 책 읽어드리다 보면 승은 입을 기회도 생길 텐데……. 승은상궁 되면 인생 꽃길이 쫙 펼쳐질 테고."

보리가 천진난만한 얼굴로 불쑥 끼어들었다.

"승은이 뭔데 입어요? 옷이에요? 저하께 옷을 선물받아요?"

책비 하나가 보리의 등짝을 짝 소리가 나게 쳤다.

"미쳐! 승은도 모르면 어떡해? 궁녀가 주상 전하나 세자 저하하고 밤에 꼭 껴안고 자는 걸 승은을 입는다고 한단다, 알겠니?"

"그럼 잔다고 해야지 왜 입는다고 해요?"

보리가 되묻자 책비들이 눈을 흘겼다.

"아이, 몰라 몰라. 너 자꾸 그런 거 물으려면 방으로 들어가."

"맞아, 너 땜에 진도가 안 나가잖아."

그런데 또 다른 책비가 젠체하며 말했다.

"얘들아, 빈궁마마 돌아가신 후 세자 저하께서 종신 독신 선언하신 거 모르니? 동궁전 책비 궁녀는 뽑을 일도 없고 설사 뽑는대도 저하 승은 입을 일은 절대 없을 테니 꿈 깨! 승은을 입는다 해도 후궁 품계 못 받으면 꽝이고."

까마득히 잊고 있었는데 앵도는 언젠가 부모님에게서 들은 말씀이 떠올랐다. 세자가 죽은 빈궁을 잊지 못해 계빈 맞을 생각을 안 하니 큰일이라는 얘기였다. 또 다른 책비가 목소리를 높였다.

"독신 선언이요? 그럼 세자빈을 안 맞으시겠다는 건데

그게 말이 돼요? 후사도 이으셔야 하는데?"

"맞아, 그러니 왕실에서 얼마나 골치가 아프겠어. 그래서 계비이신 중전마마가 명현 대군을……."

책비들이 멋대로 지껄여 대자 찔레가 입단속을 했다.

"너희 그런 소리 함부로 말하고 다니면 큰일 나. 내가 세자 저하 얘기한 것도 딴 데 가서 옮기면 절대 안 된다."

책비들이 명심하겠다며 고개를 끄덕였다. 외출했던 조 책쾌가 돌아온 것은 그때였다.

"세책방이 왜 이리 북적북적한가 했더니 왕언니가 왔구나. 찔레야, 궁살이 잘하고 있지? 공주마마 잘 모시고?"

"예, 잘 지내고 있습니다. 공주마마께서도 아껴 주시고 해서요."

"반가운 얘기구나. 찔레는 총명하고 상냥해서 어딜 가든 어여쁨 받을 사람이지."

"과찬이세요. 그저 최선을 다하고자 할 뿐입니다."

"암, 그러다 보면 상궁도 되고 높은 자리에도 오르지 않겠느냐? 네가 잘하면 대궐에서 책비 궁녀도 더 뽑을 테고. 그럼 책비의 위상도 높아지지 않겠느냐?"

"예, 후배들을 위해서도 잘할 테니 걱정 마세요. 이만 돌아가 봐야겠습니다."

찔레가 자리에서 일어서자 책비들과 조 책쾌가 아쉬워

하며 작별 인사를 했다. 앵도는 세책방 앞까지 따라 나가
찔레를 배웅했다.

"언니, 잘 지내야 해. 세책방에도 자주 오고. 너무 보고
싶단 말야."

찔레가 물기 머금은 눈빛으로 대답했다.

"좀 답답하고 외로워서 그렇지, 지낼 만해. 차차 더 좋아
지겠지. 너도 잘 지내야 한다."

"응, 씩씩하게 지낼 테니 언니도 그래야 해. 곧 또 봐요!"

"알겠어, 또 올게."

앵도를 꼭 한번 안아 주고 찔레는 떠났다. 한 번쯤 뒤돌
아보면 좋으련만 그러지 않았다. 돌아보면 마음이 아플까
봐서 그러는 걸 알았지만, 기약 없는 작별에 앵도는 가슴이
찌르르 아려 왔다.

찔레가 다녀가고 열흘쯤 지났을까. 아침부터 비가 내리
더니 오후가 될수록 빗줄기가 굵어지며 바람까지 거세게
불었다. 꼭꼭 닫았는데도 문짝이며 들창까지 덜컹거리고
빗소리도 요란하기 짝이 없었다. 비바람이 심해 나다니는
사람이 없다 보니 세책방도 파리를 날렸다. 예정됐던 '오

늘의 책비' 이반투도 취소됐다. 앵도는 모처럼 필사도 많이 하고, 미뤄 두었던 책도 꺼내 읽었다.

일을 보러 나갔던 조 책쾌가 비에 쫄딱 젖어 돌아온 것은 그때였다. 조 책쾌는 세책방에 들어오자마자 짚단처럼 의자에 풀썩 주저앉았다.

"무슨 일이에요, 안 좋은 일 있으세요?"

앵도를 비롯한 책비들이 모여들었다. 조 책쾌가 멍한 눈빛으로 말했다.

"찔레가…… 찔레가 갑자기 죽어서…… 시신으로 출궁됐다는구나."

앵도는 귀를 의심했다.

"무슨 말씀이세요. 찔레 언니가 죽다니요?"

다른 책비들도 한마디씩 했다.

"어떻게 그런 일이 있어요? 왜 갑자기 죽어요?"

"입궁 전에도 누구보다 건강했고 놀러 왔을 때도 멀쩡했어요."

조 책쾌는 힘없이 고개를 저었다.

"급환으로 죽었단다."

"말도 안 돼요! 찔레 언니가 왜 죽어요?"

앵도가 울먹거렸다. 조 책쾌가 대답했다.

"아무튼 죽었다. 죽어서 고향 절에서 장사도 지냈단다.

그런 줄 알고 이러쿵저러쿵 마라. 책비 궁녀는 본심을 치렀던 책비 중에서 자원하는 자를 우선으로 뽑는다는구나. 허나 나는 앵도가 안 했으면 좋겠다."

조 책쾌는 이렇게만 말하고 어깨를 축 늘어뜨린 채 집무실로 갔다. 책비들이 훌쩍거렸다.

"어떡해. 찔레 언니 너무 불쌍해. 궁녀 되기 싫어했는데 뽑혀서 할 수 없이 간 거잖아."

"사람이 죽어 나왔는데 누가 자원할까? 나라도 안 하겠다."

앵도는 급히 목련 서고 안쪽 집무실로 조 책쾌를 찾아갔다. 무슨 일인지 확인해야 했다.

"찔레 언니가 죽은 게 사실인가. 궁에서 급환에 걸렸다는 게 사실인가?"

조 책쾌가 의자에 앉아 눈을 감고 있다가 벌떡 일어났다.

"예, 사실입니다."

"왜 병이 났는지, 무슨 병인지 알 수는 없는가?"

"급체했다고 들었습니다."

"의문스러운 점은 없는가?"

앵도가 계속 다그치자 조 책쾌가 괴로운 표정을 지었다.

"무슨 대답을 원하십니까? 그렇다고 하니 믿을 뿐입니

다. 아기씨, 책비 궁녀 할 생각일랑 말아 주십시오. 이해할 수 없는 일이 일어나는 곳이 구중궁궐입니다. 멀쩡한 사람이 들어갔다가 죽어 나와도 이유를 알 수 없는 곳이 궁입니다."

앵도는 담담히 대답했다.

"뜻은 잘 알겠네."

목련 서고에서 나온 앵도는 문가로 가서 밖을 내다보았다. 천장부터 바닥까지 늘어뜨려진 주렴 밖으로 거센 비바람이 치고 있었다. 주렴을 걷고 나가 문 앞 처마 아래에 섰다. 참았던 눈물이 뚝뚝 흘러내렸다.

'찔레 언니가 죽다니……. 언니를 이젠 볼 수 없다니. 세상은 내게 왜 이렇게 가혹할까? 내 사람들을 왜 자꾸 앗아갈까?'

가눌 수 없는 깊은 슬픔으로 온몸이 떨려 왔다. 건강했던 사람이 급환으로 죽었다는 것도 믿기지 않았다. 뭔가 수상쩍은 일이 일어난 게 아닐까, 하는 생각도 들었다. 하염없이 빗줄기를 바라보다 앵도는 결심했다.

'책비 궁녀가 될 테야. 궁녀가 돼서 아버님 일도, 찔레 언니 죽음도 다 밝혀낼 거야. 나 혼자 안온하게 세책방에 머물 수는 없어.'

그럴지라도
진인사대천명

궁녀 교육을 마치고 책비나인이 된 첫날이었다. 앵도는 조짐머리*에 은첩지**를 꽂고 남색 치마에 옥색 저고리를 입은 차림으로 공주전 한구석에 서 있었다. 정식 나인이 되었기 때문에 저고리 깃, 고름, 곁마기***, 소매 끝동 모두 붉은색이었다.

---

* 조짐머리: 여자의 머리털을 소라딱지 비슷하게 틀어 만든 머리.
** 첩지: 부녀들이 쪽머리의 가르마에 얹어 치장하던 장신구. 은첩지는 은으로 만든 첩지.
*** 곁마기: 저고리 겨드랑이 안쪽에 자줏빛으로 댄 헝겊.

삼복더위가 시작돼 날이 무더웠지만 앵도에게 궁은 칼바람 쌩쌩 부는 한겨울이었다.

"찔레 데려오라고! 쟤는 필요 없다고!"

효린 공주가 새된 목소리로 외쳤다. 보모상궁이 쩔쩔매며 공주를 달랬다.

"마마. 고정하시옵소서. 누차 말씀드렸지만 손 나인은 급환으로 출궁되었고 후속으로 오 나인이 온 것입니다. 너그러이 받아 주소서."

"내의원*에서 찔레 치료해서 데려온다고 했잖아. 쟤는 싫다고. 쟤는 고리타분한 책을 더 고리타분하게 읽는단 말이야. 보모상궁도 본심 때 봤잖아."

"예, 《어제내훈》이 워낙 고리타분한 책이라 그랬던 듯합니다. 오 나인이 손 나인보다도 인기 높은 책비였다 하니 믿어 보시지요."

보모상궁이 앵도를 편들었지만 공주는 여전히 고집을 부렸다.

"싫다고 했잖아. 찔레 데려와. 이제 다 나았을 거 아냐."

"아직 덜 나았습니다. 마마."

"그럼 다 나을 때까지 기다릴게. 여태 기다렸는데 더 못

---

* 내의원: 궁중에서 의약을 맡아보던 관아.

기다릴까."

보모상궁이 한숨을 내쉬더니 어쩔 수 없다는 표정으로 아뢰었다.

"공주마마, 가슴 아파하실까 봐 차마 말씀드리지 못했사 온데 손 나인은 급환으로 이미 죽어서 출궁되었습니다. 그 러니 도로 데려올 수가 없습니다. 고정하시고 오 나인을 받 아들이시옵……."

공주가 화등잔처럼 눈을 크게 떴다.

"뭐어? 찔레가 죽어서 나갔다고? 참말이야?"

"그렇사옵니다. 마마."

"말도 안 돼……. 언제 그랬는데?"

"찔레가 아파서 내의원 의녀들이 치료 중이라고 했을 때, 그때부터입니다."

"왜 거짓말했어? 내가 찔레를 얼마나 좋아했는데……. 찔레가 읽어 주는 책이 얼마나 재미났는데……. 너무 오래 앓는 게 이상하다고 생각했는데……. 흐윽."

공주는 울먹울먹하다 울음을 터뜨리고 말았다.

"공주마마께서 충격받으실까 봐 후속 나인이 들어오기 전까지 함구하라고 대비마마께서 명하시었습니다. 부디 마음을 추스르소서."

보모상궁이 공주를 달래며 눈물을 닦아 주었지만 공주

는 어깨를 들썩거리며 펑펑 울 뿐이었다. 앵도도 눈시울이 붉어졌다. 찔레가 너무나도 보고팠고 그리웠기에. 찔레가 공주의 총애를 받은 건 알았어도 저 정도일 줄은 몰랐기에 걱정도 되었다.

'공주마마가 찔레 언니 죽은 걸 모르셨구나. 저렇게 언니를 좋아하셨는데 어쩜 좋아. 나한테는 마음을 안 주실 거 같네.'

그때 공주가 울음을 그치더니 앵도를 가리키며 소리쳤다.

"쟤 얼른 내보내! 빨리 내보내라고."

"공주마마, 오 나인이 오늘 특별히 재미난 책을 준비해 왔다 하니 시험 삼아 한번……."

보모상궁이 말을 마치기도 전에 공주가 빽 소리쳤다.

"내보내라니까! 난 이해가 안 돼. 그렇게 건강했던 찔레가 왜 하루아침에 죽어서 나가냐고. 그게 너무 슬프고 이해가 안 되는데 어떻게 다른 나인하고 책을 읽어!"

"알겠습니다. 일단 오늘은 물리겠습니다."

보모상궁이 앵도에게 눈을 끔뻑끔뻑하며 나가 보라는 손짓을 했다. 할 수 없이 앵도는 공손히 인사한 후 물러 나왔다. 물론 처음부터 공주가 고분고분 받아 줄 거라는 생각은 안 했지만 이 정도일 줄은 몰랐다. 걱정이 되었지만 그럴수록 마음을 다잡아야 했다.

'찔레 언니를 저렇게 아끼셨던 걸 보면 공주마마도 정이 많은 분이야. 공주마마를 성심껏 모셔 보자. 그럼 언젠가는 통할 거야. 부모님도 늘 말씀하셨잖아. 무슨 일이든 진인 사대천명이라고. 내가 할 수 있는 일을 다하고 하늘의 뜻을 기다리겠어.'

❀

그로부터 보름이 지났다. 율은 조정 현안에 대해 대신들과 회의를 한 다음 대비전으로 향했다. 주상의 건강에 대한 이야기부터 나눈 후 율이 화두를 바꾸었다.

"참, 할마마마. 공주가 새 책비나인하고 잘 지낸다는 소식을 들었습니다."

대비의 입가에 흡족한 미소가 번졌다.

"암요, 공주가 처음에는 그 나인을 내치려고까지 했는데 이젠 이 책 저 책 함께 읽으면서 독서에 마음을 붙여 종학 교육도 곧잘 받는답디다."

"참으로 잘되었습니다."

"실은 책비 궁녀 본심 때 그 아이가 낭독하는 걸 공주가 중단시킨 일이 있었습니다. 그래서 손 나인 후속으로 그 아이가 자원했다 하여 염려를 했지요. 공주가 싫어하지 않을까 해서요."

"공주가 왜 중단을 시켰는지요?"

"안 그래도 지루한 책을 더 지루하게 읽는다나 뭐라나. 아무튼 훈육 상궁한테 교육받고 공주전에 배치된 게 이제 스무 날이나 됐나……. 그사이 공주 마음을 사로잡았으면 퍽 괜찮은 아이인가 봅니다."

"그 나인이 광통교 세책가에서도 손가 찔레를 능가할 만큼 인기 책비였답니다. 박학다식하기도 하고요."

"박학다식하기까지요?"

대비가 송화다식을 먹다 말고 눈을 크게 떴다. 율은 귤차를 마시면서 무심코 대답했다.

"여러 분야 책을 두루두루 읽어서 아는 게 많답니다. 언문 소설뿐 아니라 한문책도 꿰고 있으니 대갓집 규수에 버금갈 정도고요."

"그래요? 세자는 그 아이를 어찌 그리 잘 아세요? 책비 궁녀 심사는 내가 했는데?"

"예? 아, 할마마마. 그게 말이지요."

율은 아차차, 하면서 허둥지둥 얼버무렸다.

"전기수 음행 사건이 터져서 반가 출입을 책비에게만 허가하지 않았습니까. 그래서 전기수며 세책방이며 책비 실태를 조사하러 두어 번 잠행을 나갔는데 그때 얘기를 들었습니다."

물론 앵도와의 여러 일, 광통교에서 맞부딪쳤던 일, 최고 인기 염정 소설 《광통교 연가》의 삽화 속 여인과 닮은꼴이라는 사실, 한성세책방에서 독서력을 겨뤘던 일 등에 대해서는 함구했다. 대비가 고개를 끄덕끄덕했다.

"그랬군요. 세자가 자주 잠행을 나가 백성들을 살피니 얼마나 든든한지 모르겠습니다. 공주도 새 나인한테 마음을 붙여 한시름 놓았습니다."

"할마마마께서 저희 남매를 온 마음으로 아껴 주시고 보살펴 주신 덕분입니다. 소손 이만 물러가겠사옵니다."

율이 일어나려는데 대비가 좀 더 있으라는 손짓을 했다.

"송 규수가 곧 올 터인데 얼굴이나 보고 가시지요?"

"송 규수라면, 한성판윤 여식 말씀이시지요? 남녀가 유별한데 어찌 한자리에 있겠습니까. 즐거운 시간 보내시옵소서."

율은 성급히 대비전을 나섰다. 송예련과는 마주치고 싶지 않아서였다. 송예련은 율도 익히 아는 사이였다. 공주와 단짝일 뿐더러 한성판윤이 주상과도 죽마고우라 어릴 때부터 얼굴을 보아 왔다. 하지만 대비가 그 규수를 보고 가라는 까닭을 알기에 더욱 엮이고 싶지 않았다. 빈궁의 뒤를 이을 새 세자빈으로 대비가 송 규수를 점찍고 있는 걸 짐작하고 있기 때문이었다.

지금 율은 앵도를 보고 싶었다. 오랫동안 기다린 일이었다.

떨거없다

'진실이 숨어 있는 서재'라는 뜻의 은진재(隱眞齋)는 책을
무척이나 좋아했던 덕화 왕후를 위해 주상이 특별히 마련
해 준 아담하고도 소박한 전각이었다. 덕화 왕후는 생전에
이곳에서 어린 율과 효린 공주 남매에게 책을 읽어 주곤 했
다. 지금도 율은 어린 시절 어마마마가 읽어 주던 책들, 그
아름다웠던 시간들을 고스란히 기억하고 있다.

덕화 왕후가 세상을 뜬 후 은진재는 율과 공주의 공동 서
재가 되었다. 율은 이곳에 오는 것을 좋아했다. 책을 별로
가까이하지 않는 공주도 오라버니를 만나거나 담소를 나

누기 위해 은진재에 종종 들렀다. 일부러 약속을 하지 않아
도 운 좋은 날엔 율을 만날 수 있으니까. 그런 은진재에 지
금은 앵도가 머물고 있다. 앵도는 공주에게 책을 읽어 주는
일뿐만 아니라 은진재를 관리하는 일까지 맡고 있기 때문
이다. 앵도의 처소도 이곳에 있었다.

앵도가 은진재에 머물게 된 후 율은 이곳에 여태 한 번도
오지 않았다. 사실은 빨리 와 보고 싶었다. 하지만 앵도가
책비나인으로 자리 잡기 전에는 은진재에 발걸음하지 않는
편이 좋겠다고 생각했다. 세자라는 정체를 알게 되면 부담
을 가지리라 여긴 까닭이었다.

"앵도 책비를 궁에서 보시다니 감회가 남다를 듯합
니다."

은진재로 가는 길에 건휘가 너스레를 떨었다. 율은 뜨끔
했지만 아닌 척 침착하게 말했다.

"은진재에 찾아볼 책이 있어 가는 것이네."

"오 나인이 있는 걸 알고 가시는 게 아닙니까?"

"있어도 없어도 상관없네."

"소인한테만은 숨기지 마십시오. 진작 오고 싶은 걸 꾹
참으신 걸 알고 있습니다. 그러지 않고서야 은진재에 그리
오래 발걸음을 안 하실 리 있습니까. 조선 최고 애서가이신
저하께서 말입니다."

"쓸데없는 소리!"

율은 단호히 말하고 앞장서 걸었다. 그런데 또 문득 건휘가 말했다.

"오 나인이 공주마마께 어떻게 책을 읽어 드리는지 궁금하네요."

조금 전 당한 것도 있고 하여 율은 퉁명스럽게 대답했다.

"잘 읽어 주겠지. 혹시 자네, 오 나인한테 마음이 있는 겐가?"

"예에? 절대 아니옵니다. 공주마마께 책을 어찌 읽어 드리나 궁금할 따름입니다. 이반투 할 때하고는 다른가 싶기도 하고요."

"알 만하네."

율은 씩 웃었다. 어느 때부턴가 건휘가 공주를 연모하는 느낌을 받았는데 지금 이런 순간이었다. 하지만 언제 적당한 기회에 물어보리라 생각해 더 이상 캐묻지는 않았다.

이윽고 율과 건휘가 은진재 가까이 가자 앞쪽 큰 서재에서 맑은 목소리가 울려 퍼졌다.

"전라도 빛고을 광주에서 일어난 일이랍니다. 어느 마을에 한번은 큰 홍수가 났답니다. 연일 하늘에서 빗줄기는 좍좍 쏟아지지, 냇물과 강물은 콸콸 불어 넘치지, 논둑 밭둑은 허물어져 논밭이 푹 잠겼지, 마을이 온통 난리였습니다. 1년 농사가 모두 날아갈 판이니 농부들은 또 어땠겠습니까? 다들 집에서 득달같이 뛰쳐나와 논밭의 물꼬를 트느라 야단이었습니다…….”

오랜만에 듣는 앵도 목소리가 율은 너무 반가웠다. 지금 읽는 책이 뭔지도 금방 알아봤다. 율과 건휘가 마루로 막 오르려는데 이번엔 공주 목소리가 날아왔다.

“아이고 어떡해! 농사를 다 망친 게야?”

“계속 들어 보시어요, 공주마마.”

앵도가 이야기를 이어갔다.

“이때 이 마을에 이 서방이라는 사람이 살았답니다. 이 서방도 자기네 논으로 헐레벌떡 허둥지둥 달려갔지요. 그런데 저만치에서 흙더미 하나가 둥실 두리둥실 떠내려오지 않겠습니까?”

“무슨 흙더미인데?”

공주가 다급하게 물었다.

“그게 뭐였냐면, 글쎄 이 서방이 가까이 가 보니 흙더미가 아니라 쪼끄만 개미 수만 마리가 모여 있는 개미집이 아니겠습니까?”

책 읽는 소리를 듣던 건휘가 궁금한 얼굴로 율에게 나지막이 물었다.

"저하, 지금 읽는 책이 무슨 책인지요?"

율이 감탄한 표정으로 대답했다.

"《목민심서*》중 공전 6조, '나라를 부강하게 만들기 위한 방법들' 중, '개미 은공으로 쌓은 저수지' 편이라네. 따분한 책인데 저리 재미나게 읽다니 신기하군. 공주가 독서에 재미를 붙인 이유를 알겠어."

건휘도 고개를 끄덕였다.

"소신이 들어도 재미있습니다. 공주마마께서도 퍽 재미나 하시네요."

한성세책방에서도 그랬지만 궁에 들어온 후 앵도는 더더욱 온 힘을 다해 재미나게 책을 읽으려 노력했다. 공주가 찔레만 찾으면서 선뜻 받아 주려 하지 않아 더 그랬다. 그러다 첫 낭독이 어렵사리 통과되면서, 공주는 앵도에게 차츰 마음을 열기 시작했다. 공주가 딱딱하고 지루한 것은 질색을 하기 때문에 앵도는 지금 읽는 《목민심서》도 원래 문장을 수정하고 다른 글귀까지 보충해 읽는 방식을 취했다. 이를테면 '~했다' 체로 끝나는 어미는 모두 '했습니다', '했어요' 체로 바꿔 읽었다. 원래 문장에는 없는 '주룩주룩', '콸

---

* 목민심서: 조선 순조 때 다산 정약용이 지은 것으로 지방 관리들이 지켜야 할 지침을 밝히고 폭정을 비판한 책이다. 총 12편이며 이중 '공전'은 지방 관리들이 실천해야 할 정책을 논했다.

콸', '푹', '헐레벌떡 허둥지둥', '둥실 두리둥실' 같은 소리시
늉말이나 꼴시늉말을 넣어 읽는 것도 잊지 않았다. 그러다
보니 듣는 사람 귀에는 《목민심서》가 아니라 마치 재미난
옛이야기를 듣는 것처럼 귀에 쏙쏙 들어오고 내용도 훤히
이해가 되는 것이었다.

율이 서재 앞에 이르자 각심이* 곱분이가 안을 향해 소
리쳤다.

"세자 저하 납시었습니다!"

책 읽는 소리가 뚝 그쳤다. 율은 서재로 들어가며 짐짓
마음에 없는 소리를 했다.

"은진재가 왜 이리 소란스러우냐?"

'세자 저하?'

앵도는 벌떡 일어나 옆으로 비켜서서 고개를 조아렸다.
공주는 코맹맹이 소리까지 섞어 율을 맞았다.

"오라버니, 은진재에 오랜만에 오셨네요. 안 그래도 제
가 이 아이 자랑을 하고 싶었는데. 새로 온 책비나인이랍
니다."

"이 궁녀가 책을 읽느라 소란스러웠구나."

---

* 각심이: 대궐의 상궁과 나인 방에서 가사와 허드렛일을 하던 여종을 일컫
는 말.

율이 앵도를 흘깃 보며 일부러 까칠하게 말했다.

'소란스럽다니. 저하께서는 이렇게 읽는 걸 싫어하시나? 깐깐하고 까칠하시다고 들었는데 조심해야겠다.'

앵도가 이렇게 생각하는데 공주는 생글거리며 말했다.

"소란스럽다니요? 재미있기만 한걸요. 《목민심서》를 이렇게 재미나게 읽는 사람 있으면 나와 보라고 해요."

율은 일부러 목소리를 쫙 깔았다.

"재미있게 읽으니 소란스럽지 않으냐, 그 뜻이다. 다산 선생도 이리 읽지는 못할 것이니."

칭찬인지 나무람인지 앵도가 갈피를 못 잡는데 공주가 앵도의 생각을 읽은 것처럼 말했다.

"칭찬인지 나무라시는 건지 모르겠어요. 아무튼 저는 이렇게 읽어 주니 머리에 쏙쏙 들어와서 좋더라고요. 앵도야, 세자 저하께 인사 올리거라."

앵도는 공손하게 예를 갖춰 인사했다.

"세자 저하. 책비나인 오가 앵도, 인사 올리옵니다."

율이 헛기침을 한 후 점잖게 말했다.

"공주가 오 나인 덕분에 책 읽는 재미를 붙였다는 이야기는 들었다."

공주가 호들갑을 떨며 앵도 자랑을 했다.

"오라버니 말씀이 맞습니다. 앵도는 책을 늘 성심껏 연구하여 온 마음으로 온 정성으로 읽는답니다. 어릴 때 어마마께서 책 읽어 주시던 것, 오라버니도 기억하시지요?"

"당연히 기억하지."

"저도 어렴풋이 기억하는데, 앵도는 어마마마처럼 재미있는 책은 더 재미있게, 재미없는 책도 귀에 쏙쏙 박히게 읽어 준답니다."

"나도 들어 봤지만 앵무새처럼 책에 적힌 대로만 읊어 대는 책비하고는 차원이 다르더구나."

"오라버니께서 앵도가 책 읽는 걸 들어 보셨다고요? 무슨 말씀이세요?"

무의식적으로 툭 튀어나온 말에 스스로도 놀라 율은 얼른 둘러댔다.

"아, 오라버니가 세책방 조사를 나가지 않았더냐? 그때 인기깨나 있다는 책비들을 보니 다들 그렇게 잘 읽더라는 소리다."

공주의 얼굴에 햇살 같은 웃음이 번졌다.

"호호, 그 말씀이셨어요? 맞아요. 앵도는 최고 인기 책비였다니 더 잘 읽겠지요?"

앵도는 잠시 생각했다.

'저하께서 한성세책방에도 오셨었나? 하긴 잠행을 나오셨으면 내가 알아뵐 수 없었겠지.'

111

"그뿐 아네요. 앵도는 종종 필사도 하는데 필체가 어찌나 좋던지, 제가 따라 하려고 같이 필사도 한답니다."

"그래? 내 언제 오 나인 필사본을 구경해 봐야겠다."

그때 보모상궁이 들어와 대비가 공주를 찾는다는 전갈을 전했다.

"웬일로 할마마마가 부르시지?"

공주가 궁금해하자 율이 말했다.

"송 규수가 왔을 거다. 방금 할마마마를 뵙고 왔는데 송 규수가 곧 온다 하시더라."

"아, 그 친구 본 지 한참 됐는데. 그럼 저 할마마마한테가 볼게요. 이따가 와서 마저 들을 테니 앵도는 쉬고 있거라. 오라버니는 책 보실 거예요?"

"그래, 모처럼 왔으니 책 좀 보고 가마."

율이 대답했고 공주는 밖으로 나갔다. 서재에는 앵도와 율, 단둘이 남게 되었다.

'저하와 있으려니 너무 불편하네. 핑계를 대서라도 여기서 나가면 좋겠는데 어떡하지?'

앵도가 이렇게 생각하는데 율이 말했다.

"단둘이 남았으니 잘되었구나. 오 나인은 고개를 들어 나를 보라."

무슨 상황인지 몰라 앵도는 고개를 숙인 채 되물었다.

"송구하오나 궁녀가 어찌 저하의 예안을 함부로 뵈오리이까?"

"나를 똑바로 보고 확인하라는 뜻이다. 우리는 구면이다."

'저하와 내가 구면이라고?'

앵도는 의아해하면서도 "하명하시니 감히 뵈옵겠습니다."라고 하며 조심스레 세자를 올려다보았다. 정말 어디서 본 듯 낯익은 얼굴이라는 생각이 든 찰나, 건달 도령이 번개처럼 떠올랐다.

'헉, 건달 도령 이건휘! 광통교에서 맞부딪쳤고 '오늘의 책비' 이반투까지 왔던 그 도령하고 완전 닮았어. 옷만 바꿔 입으면 딱 그 사람이야.'

그랬다. 짙고 검은 눈썹, 시원히 뻗은 눈매와 진중한 눈빛, 우뚝하고 반듯한 콧날, 적당히 붉고 두툼한 입술, 훤칠한 키에 맞춤하게 벌어진 어깨까지……. 옥빛 도포 대신 곤룡포*를 입고 흑립 대신 익선관**을 쓴 게 다를 뿐, 광통교와 한성세책방에서 봤던 건달 도령 '이건휘'와 완전 닮은꼴이었다.

---

* 곤룡포: 왕이나 왕세자가 입던 정복. 누런빛이나 붉은빛의 비단으로 지었으며, 가슴과 등과 어깨에 용의 무늬를 수놓았다.
** 익선관 : 왕과 왕세자가 곤룡포를 입고 집무할 때에 쓰던 관.

앵도는 도깨비에 홀린 듯 정신이 혼미했다. 날씨 탓인지 등짝에 땀도 삐질삐질 났다. 하지만 퍼뜩 정신을 차리고 생각하니 세상에 닮은꼴은 많고 많다 싶었다. 게다가 건달 도령과 세자가 모습은 닮았어도 풍채와 목소리는 딴판 아닌가. 저잣거리에서와는 달리 율이 세자답게 위엄 있게 굴고 목소리도 쫙 깔았기에 앵도가 헷갈릴 만도 했다.

다시 율이 말했다.

"기억나느냐? 내가 이건휘고 이건휘가 나다."

세자의 입에서 '이건휘'라는 말이 나오는 순간 앵도는 휘청하며 기절할 뻔했다. 그런 앵도를 보며 율이 또다시 말했다.

"뭘 그리 놀라느냐? 내가 이건휘 도령이고, 이건휘 도령이 나라는데?"

앵도는 고개를 저었다.

"저하…… 그럴 리가요. 이건휘…… 그 도령이 세자 저하일 리 없습니다. 감히 여쭙건대, 혹시 쌍둥이 아니신지요?"

"그럼 우리가 광통교에서 부딪쳤던 것, 한성세책방 '오늘의 책비' 이반투에서 만난 것, 《삼봉집》과 《표해록》, 《열하일기》 등을 함께 논했던 일을 말하면 믿겠느냐? 참, 네가 나한테 건달 도령이니 뭐니 하면서 냇물에 젖은 책값도 내놓으라고 난리를 쳤지. 얼굴을 알아보고도 튀려 했다며 도둑 심보니 어쩌니 했고."

"예에? 그것을 어찌 아십니까?"

"어찌 알기는, 내가 겪은 일이니 알지."

앵도는 정신을 차릴 수 없었다. 큰일 났다 싶기도 했다.

'그 일들을 모두 알고 있다면 저하가 건달 도령이 맞는 것 같은데. 건달 도령이 세자라니, 아니 저하가 건달 도령 이라니.

"그럴 리가 없습니다. 그 건달…… 왈짜패…… 아니, 그 도령이 세자 저하이실 리가 없……. 그 도령은 건달 인데……."

앵도가 정신이 없어 횡설수설하자 율이 저만치 서 있는 건휘에게 가까이 오라 했다. 건휘가 다가와서 앵도 옆에 서 자 율이 말했다.

"세자익위사 좌익위다. 똑바로 봐 보거라."

'세자좌익위는 왜 또 보라시는 거지?'

의아해하며 좌익위를 올려다본 순간 앵도는 까무러칠 뻔했다. 청계천 냇가에서 책보와 장옷을 건져 주고, '오늘 의 이반투'에 율과 함께 왔던 까무잡잡 도령이었다. 율이 설명했다.

"이 사람 이름이 강건휘다. 《열하일기》를 빌릴 때 세책

부에 적을 이름을 대라 하여 좌익위 이름을 빌려 이건휘라
했지. 됐으니 이만 나가 보게."

건휘는 묵례 후 밖으로 나갔다.

앵도는 어질어질했다. 왈짜패 동무 지간인 줄로만 알았
던 건달 도령, 까무잡잡 도령이 세자와 좌익위였다니. 조선
의 국본인 존귀한 세자에게 퍼부었던 발칙하고 무례한 언
행이 머릿속에 주르르 떠올랐다. 건달 도령이며 도둑 심보
운운한 것은 어찌하며, 세책방에서 여러 책을 논할 때 깔보
았던 것은 또 어찌할까⋯⋯.

앵도는 바닥에 납작 엎드렸다.

"저하! 소인을 용서치 마옵소서. 어리석고 미욱하여 저
하께 불손하고 불경하게 굴었습니다."

율이 뒷짐을 진 채 점잖게 대답했다.

"됐다, 일어나거라."

"일어날 수 없습니다. 존귀하신 저하를 몰라뵌 죄가 너
무 크옵니다⋯⋯."

"명이다. 일어나래도."

할 수 없이 일어나 고개를 조아렸지만, 앵도는 거듭 말
했다.

"간청하옵건대, 소인을 용서치 마옵소서."

"그 말 진심이냐? 내 정녕 용서치 않기를 바라느냐?"

앵도는 당황한 나머지 어리바리 횡설수설 대답했다.

"지……진심은 아니지만, 소인이 너무 큰 죄를 지었기에……. 다만 저하께서 저하라고 밝히시지 않았기에…… 몰라뵐 수밖에 없었지만 몰라뵌 것은 몰라뵌 것이라서……."

"오 나인 말대로 내 신분을 밝히지 않았으니 몰라봄이 당연하다. 다만 당돌하고 방자한 구석이 없지는 않아. 건달 도령에 도둑 심보 운운한 것으로도 모자라 나를 아주 한심한 자로 대하더구나? 소과에도 낙방하고 작업용 시구 한두 편 암송하는 자로 여기었지, 아마?"

"그랬습니다. 하오나 저하께서도 건달 도령처럼 구신 것은 사실……."

"끝까지 항변하는 게 오 나인답구나. 아무튼 그 도령이 나라는 걸 이제 믿겠느냐?"

"예, 세자 저하가 그분이시고, 그분이 세자 저하이심을 익히 알겠사옵니다."

"빨리도 알아채는구나."

"소……송구하옵니다."

그러자 율이 깊은 눈빛으로 앵도를 내려다보았다.

"저잣거리에서의 일은 잊어 주마. 다 잊는다는 건 아니고 당돌하고 방자하게 군 것은 덮어 두겠다는 뜻이다. 내가 한량처럼 군 것도 사실이니."

"망극하옵니다."

"너를 궁에서 만나 많이 기쁘다."

조금 전과는 달리 따뜻하고 다정한 목소리였다. 궁에서
만나 기쁘다니, 앵도는 얼떨결에 답했다.

"예, 저하. 소인도 저하를 궁에서 뵈어 많이 기쁘옵니다."

율이 다시 근엄한 표정을 지었다.

"괜찮다는데도 얼굴에 먹구름이 그득하구나. 떨 거 없
다. 물에 빠진 책값을 다 받아 냈다면 몰라도 반만 받았으
니 봐주겠다. 어쨌든 책비나인이니 공주나 잘 뫼시어라."

"황송합니다. 공주마마를 성심껏 뫼시겠습니다."

"그래, 계속 지켜볼 것이다."

이러고서 율은 뒷짐을 진 채 서재를 나갔다. 앵도는 가
슴을 쓸어내렸다.

'십년감수했네. 건달 도령이 저하셨을 줄이야. 그래도 너
그러우셔서 다행이다. 하긴 내가 저잣거리에서도 잘못한
게 없잖아. 저하께서 건달 도령처럼 구셨으니 나도 그랬던
거지. 그나저나 책값을 반만 받았으니 다행이지 저하께 다
물어내라고 했으면 어쩔 뻔했어.'

문득 한성세책방에서 《삼봉집》의 시구를 주고받고, 《표
해록》이며 《열하일기》에 대해 논한 일이 생각났다.

'그때도 건달 도령치고는 아는 게 많다고 생각했지. 근데 《열하일기》는 정말 모르셨을까? 일부러 모른 척하신 것 같은데.'

그러자니 아까 율이 했던 말이 다시 떠올랐다.

'너를 궁에서 만나 많이 기쁘다.'

'계속 지켜볼 것이다.'

'저잣거리 인연이 궁으로 이어져서 좋다는 말씀인가? 공주를 잘 보필하는지 지켜보시겠다는 뜻이겠지?'

앵도도 건달 도령을 궁에서 세자 저하로 다시 만난 것이 싫지 않았다. 아니, 매우 신기하고 특별하게 느껴졌다. 하지만 그뿐이었다. 율은 앵도에게 공주의 오라버니이자 조선의 국본, 그 이상도 이하도 아니었다. 특별한 목적이 있어 입궁한 앵도의 가슴속에 율이 들어올 틈은 없었다.

애련정의 늦여름 밤

앵도가 입궁한 지도 두 달이 되었다. 궁에 들어온 첫날부터도 그랬지만, 건달 도령이 세자라는 것을 알게 된 후 앵도는 일단 책비나인으로 자리 잡는 데에 더더욱 집중하기로 했다. 아버지의 누명이나 찔레의 죽음과 관련해 섣불리 뭔가를 도모하기보다는 궁살이에 익숙해지는 것이 먼저라고 여겼기 때문이다. 물론 공주를 만났던 첫날, 공주까지도 건강했던 찔레의 죽음을 받아들이지 못하는 걸 보고 앵도의 확신은 깊어졌다. 찔레의 죽음에 뭔가 수상한 비밀이 있는 게 분명했다. 그렇지만 우선은 공주와 대비, 세자의 마음에 들도록 애쓰고 상궁이나 다른 궁녀들과 잘 지내는 데에 모든 노력을 기울였다.

그렇대도 처음엔 낯설기만 한 대궐, 까칠한 공주와 엄해 보이는 대비, 층층시하 궁녀 조직 모두가 두려움의 대상이었다. 앵도는 서둘러 대궐 구조나 법도에 대해 익히고, 공주와 대비의 신임을 얻도록 애썼다.

그러다 보니 생각보다 빨리 공주의 마음을 얻었다. 공주는 앵도를 많이 아끼고 좋아해 주었다. 한낱 궁녀인데도 동무처럼 대해 줄 때도 적지 않았다. 앵도도 공주가 좋았다. 겉으로는 까칠하고 오만해 보여도 철이 덜 든 것조차 사랑스러운 데다 선하고 다정한 성품도 마음에 들었다. 공주가 생모 덕화 왕후를 그리워하며 눈물지을 때면, 돌아가신 부모님을 생각하며 앵도도 함께 슬퍼했다.

공주가 앵도를 신임하니 대비까지 앵도를 좋게 보았다. 종종 앵도를 대비전으로 불러 소설책이나 시집, 산문집 같은 걸 읽어 달라고 할 정도였다. 그럴 때면 앵도는 돌아가신 어머니를 대하는 마음으로 더 성심껏, 더 정성껏, 더 재미나게 책을 읽어 드렸다. 대비는 매우 흡족해하며 앵도에게 귀한 노리개나 향낭 같은 걸 선물로 하사했다.

궁녀 조직이 층층시하라지만, 은진재를 깨끗하게 관리하고 공주에게 책만 잘 읽어 주면 되니 상궁이나 다른 나인들과 부딪칠 일도 거의 없었다. 공주와 대비가 앵도를 총애하는 걸 알고는 상궁이나 다른 나인들도 앵도를 건드리지 않았다.

일터인 은진재도 앵도는 참 좋았다. 책들로 빼곡한 서가들, 네모나고 둥그렇고 길쭉한 여러 서탁들, 벽에 걸린 책가도*, 곳곳에 놓인 화초 화분들, 은은한 묵향, 그 모든 것이 좋았다. 벽에 걸린 자명종이며 유리 거울, 세계 지도, 천리경 같은 서양 문물을 구경하는 재미도 쏠쏠했다.

다른 궁녀들은 2인 1조로 선배 궁녀나 스승 상궁과 한방을 쓰는데 비해 은진재 처소에서 혼자 지낼 수 있으니 그것도 고마운 일이었다. 남 말 하기 좋아하는 궁녀들은 찔레가 쓰던 처소라서 께름직하지 않느냐고도 했지만 앵도는 전혀 그렇지 않았다. 외롭고 쓸쓸한 구중궁궐에서 찔레의 흔적이 깃든 곳에 있다는 사실이 오히려 힘이 되고 든든했다. 은진재를 관리하고 식사, 빨래 등을 도와주는 각심이 곱분이도 지원군이었다. 곱분이는 아침에 궁에 와서 저녁이면 집으로 돌아가기에 밤에는 혼자만의 시간을 가질 수 있으니 그것까지도 앵도는 감사했다.

이 모든 것을 앵도는 하늘에 계신 부모님과 오라버니가

---

* 책가도: 책과 서가, 방 안의 기물들을 함께 그린 민화.

보살펴 준 덕분이라고 생각했다. 그렇지 않고서야 대궐 생활이 이렇게 술술 풀릴 수는 없을 테니까.

❈

처서*가 되자 땡볕이 누그러지며 아침저녁으로는 선선한 바람이 불었다. 어둑해지는 초저녁, 대궐 후원에 있는 애련정**에서는 대비 정씨, 율, 공주가 참석한 가운데 시회가 열렸다. 대비가 급작스럽게 마련한 것인데 말이 시회지, 앵도가 세 사람에게 시를 읽어 주는 자리였다.

앵도는 공주를 따라 애련정으로 향했다. 공주에게야 항상, 그리고 대비에게는 가끔 호출이 있을 때마다 책을 읽어드렸고 세책방 시절 율과도 시구를 주고받은 사이라 낯설지는 않았지만 세 사람을 한꺼번에 모신 자리는 처음이라 바짝 긴장이 되었다.

공주전 앞뜰을 나와 후원 길을 조금 걷자 네모난 연못과 조그마한 정자가 있는 풍광이 펼쳐졌다. 연못은 애련지, 정자는 애련정이었다. 연꽃은 다 졌지만 연못엔 큼지막한 초

---

* 처서: 이십사절기의 하나. 8월 23일경이다.
** 애련정: 창덕궁 후원에 있던 정자.

록 연잎이 그득하고, 물빛에 어리비치는 달빛과 정자 천장에 걸린 등롱*, 궁녀들이 손에 든 초롱 불빛까지 어우러져 너무도 아름답고 환상적이었다.

연못 위로는 반딧불이들이 반짝반짝 빛을 내며 날아다녔다. 짙은 솔향기와 풀 향기, 개구리 울음소리며 풀벌레 소리, 밤새 소리도 늦여름 밤의 정취를 더했다.

공주와 앵도가 먼저 애련정에 도착하고 잠시 후 율이 대비를 모시고 왔다. 대비와 공주, 율이 비단 꽃방석을 깔고 앉자 나인, 생각시 들이 커다란 부채로 부채질을 해서 더위를 쫓았다. 이어 유자 화채며 생맥산, 제호탕 같은 여름 음료와 송화다식, 유과, 타래과, 매작과 등이 다과상으로 차려졌다. 앵도는 멀찌가니 대기한 채 이제나저제나 명이 떨어지기만을 기다렸다. 다과와 음료를 어느 정도 먹고 나자 대비가 말했다.

"오 나인 실력을 한번 볼까? 한낮에는 아직 덥지만 가을이 기다려져 가을 시를 준비하라 일렀는데 그리했느냐?"

"예, 대비마마. 가을 시 몇 편을 필사해 왔사옵니다."

앵도는 공손히 대답하며 책행담**에서 필사 공책을 꺼

---

* 등롱: 대오리나 쇠로 살을 만들고 겉에 종이나 헝겊을 씌워 안에 등잔불을 넣어서 달아 두거나 들고 다니는 등이다.
** 책행담: 책을 넣을 수 있게 싸리나 버들로 만든 작은 상자.

냈다.

"오, 필사를 해 왔어? 어디 필사 공책부터 보자꾸나."

대비가 앵도에게서 필사 공책을 건네받아 펼쳐 보았다. 공주가 곁에서 함께 보면서 한마디 했다.

"할마마마, 앵도 글씨 참 좋지요? 정감 있고 아주 단아해요. 한석봉 누이 뺨칠 기세라니까요."

"그렇구나. 책만 잘 읽는 게 아니라 글씨도 제법이구나."

앵도는 겸손하게 대답했다.

"대비마마, 변변치 못한 글씨이옵니다."

율도 필사 공책을 슬쩍 곁눈질했다. 힘 있으면서도 또박또박하고, 운치와 품위까지 갖춘 필체였다. 정자와 흘림체의 중간인 반흘림체라는 점도 독특했는데 이상하게도 매우 낯익었다. 율은 달빛 아래 서 있는 앵도를 보았다. 앵도의 모습에 《광통교 연가》 삽화 속 여인이 겹쳐지며 그 책의 필체까지 선명하게 떠올랐다. 율은 궁금함을 참지 못하고 물었다.

"혹시 《광통교 연가》도 필사했느냐? 내가 갖고 있는 책과 이 공책의 필체가 비슷해서 묻는 말이다."

앵도는 차분히 대답했다.

"예, 《광통교 연가》도 필사했습니다. 책 뒤표지 맨 끝 하단에 조그만 글씨로 '책비 앵도'라 적혀 있으면 소인이 필사한 것입니다."

"확인해 보겠다."

율이 대답하자 대비가 호탕하게 웃었다.

"오 나인이 필사한 《광통교 연가》가 세자의 서가에 있다면 특별한 인연이겠구려. 이제 가을 시나 한 편 읽어다오."

"예, 대비마마. 율곡 선생의 〈화석정*〉을 읊어 보겠습니다."

앵도는 필사 공책을 펴든 채 조곤조곤 시를 읊기 시작했다. 한자 시구를 먼저 읽고, 언문으로 풀이한 글을 이어 읽는 식이었다.

임정추이만(林亭秋已晚)하매 소객의무궁(騷客意無窮)이라.
원수연천벽(遠水連天碧)이고 상풍향일홍(霜楓向日紅)이네.
산토고륜월(山吐孤輪月)하고 강함만리풍(江含萬里風)하니
새홍하처거(塞鴻何處去)인지 성단모운중(聲斷暮雲中)이네.

숲속 정자에 가을이 깊어가매
시인의 생각은 끝이 없어라.

• 화석정: 율곡 이이가 제자들과 학문을 논하며 여생을 보낸 곳이자, 그가 남긴 한시의 제목이기도 하다.

먼 물빛은 하늘에 닿아 푸르고

서리 맞은 단풍은 해를 향해 붉었네.

산에는 외롭고 둥근 달 솟아오르고

강은 만 리 바람을 품었으니

기러기는 어디로 가는지

저무는 구름 속에 소리 멀어져 가네.

달빛 등빛 어우러진 늦여름 밤의 운치가 마음을 흔든 탓일까, 맑고도 또랑또랑한 목소리 덕분일까? 율은 필사 공책을 내려다보며 차분차분 시를 읽는 앵도로부터 눈을 떼지 못했다. 대비도 몹시 흡족해했다.

"목소리 좋고 시구 좋고, 그 시를 들으니 벌써 가을인 듯하구나. 오 나인은 소설책도 재미나게 읽지만 시 낭독도 제법이야."

율도 미소를 지은 채 덧붙였다.

"가을 숲 가을 산의 풍경이 머릿속에 그려지는 듯합니다. 소손은 충무공 장군의 가을 시가 생각나는데 한번 읊어 볼까요?"

"오호, 좋습니다. 읊어 보시지요."

대비가 고개를 끄덕이자 율이 눈을 지그시 감은 채 시를 읊기 시작했다.

수국추광모(水國秋光暮)인데 경한안진고(驚寒雁陣高)하네.

우심전전야(憂心輾轉夜)하고 잔월조궁도(殘月照弓刀)로다.

바다에 가을빛이 저무는데

찬바람에 놀란 기러기 떼 높이 날아가네.

시름 가득해 잠 못 들고 뒤척이는 밤

새벽달이 활과 칼을 비추도다.

고개를 조아린 채 목소리만 들으면서도 앵도는 가슴이 살짝 설레었다. 수려하면서도 단단하고, 날카로운 듯하면서도 부드러운, 게다가 깊고도 그윽하며 울림이 있는 목소리였다. 한성세책방에서 시구를 주고받을 때와는 또 다른 느낌이었다. 대비도 칭찬을 아끼지 않았다.

"〈한산도야음*〉이구려. 가을 정취에 우국충정의 마음이 담긴 시지요. 자나 깨나 나라 걱정하는 세자의 마음이 충무공의 시심과 꼭 닮았습니다."

그러고는 대비가 앵도에게 눈길을 돌렸다.

"참, 오 나인은 한문 시도 알고 제법이구나. 가난한 소작

---

* 한산도야음: '한산도에서 밤에 시를 읊다'라는 뜻으로 이순신 장군이 지은 한시 제목.

농 집안 딸이라 들었는데 한문을 익힐 기회가 있었더냐?"

대역 죄인의 딸이라는 정체를 숨기고 지낸 지 어느덧 세 해째. 책비로 살아가는 동안 어디서든, 누구에게서든, 이런 질문이 있을 것에 대비해 마련해 놓은 대본이 있었다. 앵도는 침착하게 대답했다.

"예, 소인의 집 옆에 서당이 있었는데 어릴 때부터 서당 일을 도우며 어깨너머로 글자를 깨쳤습니다. 서당에 있는 책들도 두루두루 읽었고요."

공주가 반달눈을 지은 채 말했다.

"훈장이 깨인 사람이었나 보구나. 상민 계집아이한테 책을 읽게 해 주다니……."

"예, 인품이 훌륭한 데다 저를 어여삐 여기어 그리 봐주었습니다."

그때 지척이 소란하면서 저만치에 불빛이 보이더니 화려하게 성장한 여인이 소년을 대동하고 나타났다. 한 무리의 궁녀들이 그 뒤를 질서정연하게 따랐다. 여인은 중전 민씨, 소년은 명현 대군이었다. 중전이 정자 가까이 와서 대비에게 공손히 인사했다.

"불청객이 불쑥 나타나 놀라셨지요? 세자와 공주도 있었구려."

"중전이 예까지 웬일이시오?"

대비가 묻고, 율과 공주는 자리에서 일어났다. 중전이 대답했다.

"여름밤이 무료해 문득 뵈옵고파 대비전에 갔더니 여기 계실 거라 해서 왔습니다. 뵙고픈 마음에 예를 어기었습니다. 명현 대군. 할마마마와 형님 누님께 인사 올리세요."

명현 대군이 허리를 반으로 접고 인사했다.

"할마마마, 인사 올리옵니다. 세자 저하와 공주마마께서도 평안하셨지요?"

대비가 명현 대군의 머리를 쓰다듬으며 미소 지었다.

"우리 명현 대군 어깨 벌어진 것 좀 보게. 곧 청년이 되겠구려. 어릴 때는 주상을 빼닮은 듯하더니만 클수록 달라지는 듯해 서운키도 하네. 세자는 누가 봐도 주상이랑 똑 닮았는데 말이지요."

중전이 이맛살을 살짝 찌푸렸지만 곧 말을 돌렸다.

"예, 그렇지요. 하온데 이런 좋은 자리에 명현 대군도 좀 불러 주시지 서운합니다. 어마마마께선 세자와 공주만 중하게 여기시는 듯합니다."

"무슨 소리세요. 세자나 공주나 명현 대군이나 다 내 핏줄인데 똑같이 중하지요."

대비가 앵도를 가리키며 말을 이었다.

"공주전에 책비나인이 새로 왔는데, 책을 아주 재미나게 읽지 뭡니까. 해서 가을맞이도 할 겸 가을 시나 읽어 달래려고 갑자기 마련한 자리랍니다. 세자까지 부른 까닭은 책비나인이 은진재를 관리하고 있어 서로 얼굴을 익힐 필요가 있어서고요. 은진재를 세자와 공주가 같이 쓰는 건 중전도 아시지요?"

중전이 앵도를 위아래로 훑어보더니 고개를 끄덕였다.

"예, 그럼 저 나인이 손가 찔레 후속…… 아, 공주전에 새로 왔다는 책비나인이군요. 이야기는 들었습니다. 하온데 신첩은 책비가 궁에 왜 필요한지 의문입니다. 궁녀들 중에도 책 잘 읽는 아이들이 많은데 말입니다. 대비마마께서 공주한테 필요하다 해서 그러시라고는 했습니다마는."

대비의 낯빛이 어두워졌지만 중전은 아랑곳없이 이야기를 계속했다.

"책비들이 책을 잘 읽는다 한들 개 발에 편자지요. 천것들이니 천한 소설책이나 읽기 마련이고요. 어쨌든 공주한테 도움이 된다면야 다행입니다."

책비와 소설책을 싸잡아 얕보는 말투였지만 앵도에겐 그게 중요하지 않았다. 중전이 찔레의 이름을 성까지 정확히 알고 있고, 찔레 이야기를 하려다 말았으며, 공주전에 자신이 새로 왔다는 걸 꿰뚫고 있는 게 놀라웠다. 궁녀를 관장하는 내명부를 중전이 지휘하기는 하나 책비나인만큼은 상관하지 않는 걸로 알고 있어 더 그랬다. 중전이 이번엔 율에게 말했다.

"세자께선 대리청정까지 하느라 다망하시지요. 그래도 명현 대군도 좀 챙기고 아껴 주세요. 효린 공주만 챙기지 말고."

율이 부드러운 낯빛으로 대답했다.

"당연한 말씀입니다. 소자가 명현 대군에게 소홀했습니다. 앞으로 살뜰히 챙기겠습니다."

"그렇다고 금방 그리 말하면 내가 민망하지요. 세자도 너무 무리하지 말고 쉬엄쉬엄하세요. 나랏일 돌보는 게 여간 힘들겠습니까? 그럼 이만 물러가겠습니다. 오붓한 자리를 훼방 놓아 송구합니다."

중전이 가려 하자 대비가 손사래를 쳤다.

"이왕 왔는데 가을 시 좀 듣고 가시지요. 이 아이 낭독 솜씨가 일품입니다."

"아닙니다. 불쑥 나타난 것만으로도 무례를 저질렀는데 뵌 것만으로 되었습니다."

중전은 곧 명현 대군과 궁녀들을 이끌고 물러갔다. 앵도는 고개를 살짝 들어 중전의 뒷모습을 보았다. 조금 전까지 공손하던 태도와 달리 왠지 걸음걸이가 불손해 보였다. 중전 일행이 웬만큼 멀어졌을 때 대비가 말했다.

"명현 대군이 주상과는 닮은 구석이 없어요. 안 그렇습니까, 세자?"

"친탁이 아니고 외탁을 해서 그런 듯합니다. 훈련대장 외숙과 닮아 보이더군요."

"확실히 친탁은 아닙니다. 아무튼 시회나 계속하지요. 오 나인, 다음 시는 어떤 시더냐?"

"예, 대비마마. 이번엔 〈어부사시사*〉 중 '추사' 2편부터 읊겠습니다."

"오호, 나도 좋아하는 시조이니라. 읊어 보거라."

"예, 시작하겠습니다."

앵도는 다시 필사 공책을 펼쳐 시조를 읽기 시작했다.

수국에 가을이 드니 고기마다 살져 있다.

닻 들어라 닻 들어라

만경징파**를 실컷 누려 보자.

지국총 지국총 어사와

인간 세상 돌아보니 멀수록 더욱 좋다.

* 어부사시사: 조선 효종 때에 윤선도가 춘하추동을 노래해 지은 연시조. '추사'는 가을을 노래했다.
** 만경징파: 넓고 넓은 맑은 물결.

늦여름 밤 애련지 주위에 앵도의 맑고도 깊은 목소리가 울려 퍼졌다.

이름의 주인

소낙비가 한차례 퍼붓다가 그치자 환한 햇발이 사방에 내리꽂혔다. 빗방울이 똑똑 떨어지는 처마 밑에서 햇발 구경을 하다가 앵도는 은진재 안으로 들어갔다. 어제 새로 들인 서가에 새 책들을 분류해 넣어야 했다. 곱분이와 함께 한참 동안 서가 정리를 하고 있는데 효린 공주가 웬 책을 하나 들고 왔다.

"새 서가가 들어오니 널널해서 좋구나. 서가가 꽉 차서 책 둘 곳이 부족했는데."

흡족해하던 공주가 앵도의 이마에 송골송골 맺힌 땀방

울을 가리키며 걱정을 했다.

"어머, 땀 좀 봐. 앵도야, 요령껏 일하렴. 몸 상할라."

앵도는 얼른 소매 끝으로 땀을 훔쳤다.

"예, 마마. 요령껏 하고 있습니다. 아직 한낮엔 덥다
보니……."

"날씨 핑계는……. 앵도는 다 좋은데 너무 반듯한 게 흠
이야. 사람이 빈구석도 있어야지."

"예, 빈구석…… 갖춰 보겠습니다."

"꼭 그래야 해. 빈구석 안 보이면 혼낸다."

공주가 개구쟁이처럼 방긋 웃더니 손에 든 책을 건넸다.

"이 책, 앵도 읽어 보라고 가져왔어. 다 읽고 나면 새 서
가에 꽂아 둬. 오라버니도 보시게. 내가 엄청 좋아하는 귀
한 책인데 오라버니는 안 읽어 보셨을지도 모르거든. 계속
내가 갖고 있어서."

표지에 《초화교유록》이란 제목이 있고 조그만 꽃 그림
이 그려진 낡은 책이었다. 앵도는 공손히 책을 받아 들고
되물었다.

"예, 꼭 읽어 보고 제일 좋은 자리에 배치하겠습니다. 하
온데 무슨 책이기에 귀하다 하시는지요?"

공주가 자랑스레 대답했다.

"돌아가신 어마마마가 쓰신 책이란다. 어마마마가 소녀

시절에 지금의 중전마마와 교우했던 일을 기록하신 거니 엄청 귀한 책이지. 어마마마가 그리신 그림도 있어. 책 제목의 '초화'도 두 분의 아명*에서 초성을 딴 거야. 내용이 얼마나 아름답고 재미나는지, 읽을 때마다 감동한단다."

"두 분께서 동무 사이셨군요. 소인은 몰랐습니다."

"응, 어릴 때부터 단짝이셨대. 게다가 어마마마가 돌아가신 후 새어마마마가 계비가 되셨으니 두 분 인연이 대단하지."

그제야 앵도는 덕화 왕후와 지금의 중전마마가 동무 사이였다는 얘기를 언젠가 어머니에게서 들었던 기억이 났다. 그렇다면 두 사람의 어릴 적 우정을 기록한 책이야말로 보물처럼 귀할 것이었다. 앵도는 얼른 읽고 싶어 공주에게 말했다.

"정녕 귀한 책이옵니다. 이리 귀한 책을 소인이 읽어도 되겠는지요?"

공주가 함박웃음을 지으며 고개를 크게 끄덕였다.

"앵도 보여 주려고 갖고 왔다니까. 내가 앵도를 많이 좋아하고, 앵도는 책을 좋아하고, 우린 책으로 통하니까. 어마마마 글솜씨가 이렇게 뛰어나셨다는 것도 자랑하고 싶

---

* 아명: 아이 때의 이름.

고. 딴 사람한테는 절대 안 보여 주는데 앵도라서 보여 주는 거야. 앵도 덕분에 내가 책을 좋아하게 됐잖아."

"공주마마, 황송하옵고 영광이옵니다."

"이 책 읽을 때면 어마마마의 소녀 시절 모습이 그려져서 가슴이 아릿아릿해. 나 다섯 살 때 돌아가셔서 모습은 잘 기억나지 않지만 어마마마가 그리울 때면 이 책을 본단다. 앵도에게도 내가 특별히 보여 주는 거니까 다 읽고 소감 들려줘야 해."

공주가 눈가를 적시며 해사하게 웃었다.

"예, 마마. 다 읽고 꼭 말씀드릴게요."

앵도가 대답하자 공주는 종학 교육을 받을 시간이라면서 돌아갔다. 공주를 배웅한 후 앵도는 얼른 《초화교유록》을 펼쳐 보았다. 제목 아래에 조그맣게 적힌 글씨가 먼저 눈에 들어왔다. 아까는 미처 보지 못했던 '고운 벗, 초옥과 화선의 우정 이야기'라는 부제였다. 표지 맨 아래에는 '초옥 지음'이라고도 적혀 있었다.

"덕화 왕후마마의 아명은 초자 옥자이고 지금 중전마마는 화자 선자를 쓰셨구나. 어? 화…… 선?"

순간 앵도는 얼음처럼 얼어 버렸다. 아버지가 남긴 말 중에 있던 '화선'이라는 말이 생각났기 때문이다.

'아버님이 말씀하신 화선이 중전마마?'

가슴이 쿵쿵 뛰고 손이 덜덜 떨렸다. 머릿속도 하얘져 왔다. 하지만 정신을 가다듬고 생각해 보니 '화선'은 반가 규수의 흔한 이름이었다.

'자라 보고 놀란 가슴 솥뚜껑 보고 놀란다더니 내가 그 꼴이네. 중전마마께서 주상 전하를 독살하는 역모와 연관 될 이유가 없잖아.'

앵도는 놀란 가슴을 진정시키며 《초화교유록》을 펼쳤 다. 언문 기록이고, 책장마다 또박또박 공들여 쓴 글씨체 가 참으로 곱고 정갈했다. 본문 중간중간에는 색채가 또렷 하고 아름다운 초충도°도 곁들여져 품격을 한층 높여 주고 있었다.

《초화교유록》은 명문 세도가에서 화초처럼 곱게 자란 소녀들 이야기답게 천진난만하며 호사스런 얘기들이 대부 분이었다. 초옥과 화선, 두 소녀뿐만 아니라 둘을 둘러싼 주변 인물 얘기도 적잖이 나왔다. 덕화 왕후는 글과 그림 솜씨가 빼어났을 뿐더러 동무 화선에 대한 우정과 사랑도 매우 깊어 보였다. 앵도는 시간 가는 줄 모르고 책에 빠져 들었다.

°　초충도: 풀과 풀벌레를 그린 그림. 신사임당이 그린 것으로 전해지는 초 충도 8폭 병풍이 유명하다.

그렇게 한참을 읽어 내려가던 때였다. 한 대목에 이르러 앵도는 머리끝이 바짝 곤두섰다.

오늘은 화선과 더불어 삼청동 면앙 윤공회 오라버니 댁에 갔다. 면앙 오라버니께서 과거 시험에서 장원 급제를 해 잔치가 열린다고 하여 오라버니들을 따라간 것이다. 나의 큰오라버니와 화선의 셋째 오라버니는 면앙 오라버니와 막역지우다. 그래서 우리 둘도 면앙 오라버니를 잘 알고 따른다.

면앙 오라버니가 장원 급제를 한 건 축하할 일이지만 사실 나는 굳이 잔치에까지 갈 생각은 없었다. 그러나 화선이 하도 졸라 대 함께 가 주었다.

이건 비밀인데 화선은 면앙 오라버니를 연모한다. 면 앙 오라버니는 까맣게 모르는 듯하지만…… 큰오라버 니한테 듣기로는, 면앙 오라버니는 공판 대감댁 연화 언니를 좋아한다는데 안타깝다. 실망할까 봐 화선에게 얘기해 줄 수도 없고……

거대한 폭풍의 한가운데에 서 있는 듯한 무시무시한 공포가 온몸 가득 밀려왔다. 삼청동 면앙, 공판 대감댁 연화……. 앵도에겐 모두 익숙한 이름이었다. 앵도, 아니 설영의 집안은 대대로 삼청동에 살았고 《초화교유록》 속 '면앙'은 아버지 윤공회 예조 판서의 호였다. 또한 면앙 오라버니가 좋아한다는 공판 대감댁 연화 언니는 바로 설영의 어머니였다. 외조부가 공조 판서를 지냈던 것이다.

'우리 집이 있던 삼청동과 아버님 호, 어머님 이름까지 딱딱 들어맞잖아. 외조부님이 공판 대감이셨던 것도 맞고⋯⋯. 이 책에 나오는 분들은 부모님이 틀림없어. 그럼 덕화 왕후마마와 지금의 중전마마, 우리 부모님이 서로 얽혀 있던 사이라는 거야?'

아버지가 끌려가면서 외쳤던 말이 다시금 머릿속을 맴돌았다.

'아비는 결백하다⋯⋯. 하늘을 우러러 한 치의 부끄러움도 없다. 주상 전하⋯⋯ 독⋯⋯ 곱사등이⋯⋯ 대궐⋯⋯ 화선⋯⋯.'

'주상 전하를 독살하려 한 사람이 곱사등이와 대궐의 화선, 즉 중전마마라는 뜻이 아닐까? 중전마마가 꾸민 역모를 아버님이 뒤집어썼다는 말씀일까?'

등골이 서늘했다. 그러나 선뜻 이해가 가지 않았다. 중전이 주상을 독살하려 했다는 것도, 그 역모를 어릴 적 연모했던 사람에게 뒤집어씌웠다는 것도⋯⋯.

바짝 긴장한 채《초화교유록》을 끝까지 읽어 보았지만 아버지에 대한 내용은 더는 나오지 않았다. 앵도는 안절부절못하며 서고를 왔다 갔다 하다가 은진재를 나섰다. 궐내 각사* 중 하나인 홍문관으로 우찬식 대제학을 찾아갈 심산이었다. 대궐, 화선, 중전의 연관성을 밝혀 줄 사람은 아버지와 막역지우였던 우 대감밖에는 없다. 물론 홍문관에 지금 대제학이 있을지, 설령 집무 중이라 해도 만날 수 있을지는 알 수 없었다. 집으로 찾아갔을 때는 야박하게 대했을 지언정 이야기를 들어 주었지만……. 부디 대제학이 홍문관에 있기를, 자신을 만나 주기를 간절히 바라며 앵도는 걸음을 재촉했다.

※

"안 그래도 너를 보러 은진재에 한번 가려고 했다."

홍문관 집무실에서 만난 우 대감의 목소리는 노기 한 점 없이 침착했다. 만나 주지 않거나 설사 만나 주더라도 노발대발할 줄 알았는데 뜻밖이었다. 찾아오길 잘했다고 생각하며 앵도는 인사부터 했다.

* 궐내각사 : 대궐 안에 들어와 있는 작은 규모의 실무 관청.

"송구하옵니다. 꼭 뵙고 싶어 위험을 무릅쓰고 이리 찾아왔습니다."

우 대감은 평온한 얼굴이었다.

"긴말 않겠다. 네가 책비나인이 됐다는 소식을 듣고 얼마나 놀란 줄 아느냐? 이만 궁을 나가거라. 아픈 시늉을 하든, 실수를 하든 해서 출궁당하도록 하거라. 이 말을 하려고 너를 만난 것이다."

"어렵게 들어왔는데 어찌 나가라 하십니까. 그리고 한번 들어오면 병들어 죽기 전에는 못 나가는 곳이 아닌지요?"

"네가 입궁한 목적을 알고도 남는다. 허나 네 뜻대로 될 리 만무하다. 무슨 일인지 몰라도 전임 책비나인도 죽어 나갔다고 들었다. 네가 뜻을 도모하기도 전에 대역 죄인의 딸이라는 게 탄로 나면 어쩔 테냐? 궁을 나가는 것만이 너를 살리고 나를 살리고 네 아우와 조 책쾌를 살리는 길이다. 하루빨리 그리하거라."

"송구하오나 그럴 거였으면 입궁하지도 않았습니다. 처음부터 들어오고자 했으나 뜻을 이루지 못했고, 먼저 입궁한 선배 책비가 죽어 나가는 바람에 제가 들어온 것입니다. 이 모든 게 하늘의 뜻이라 생각합니다."

다만 앵도는 찔레의 죽음에 석연치 않은 구석이 있어서 더더욱 입궁을 결심했다는 말은 하지 않았다.

"그러니 괘씸하다는 게다. 네 처지에 감히 궁녀를 자원하다니 정신 나간 짓 아니냐? 네가 공주마마는 물론 대비마마와 세자 저하의 신임을 얻었다니 더 걱정이다. 나는 네 부친의 친우이기에 앞서 주상 전하와 세자 저하의 신하다. 네 정체가 탄로 나면 그분들한테까지 위험이 미친다."

앵도는 대답 없이 묵묵히 있었고 우 대감이 다시 말을 이었다.

"네 부친은 전하께서 가장 신뢰하시던 신하고, 네 부친 또한 전하와 세자 저하, 공주마마를 충심으로 섬겼다. 그 존귀한 분들이 너 때문에 위험해지셔서야 되겠느냐? 안 그래도 저하의 자리는 굳건하지 않다. 당장 궁을 나가거라. 내가 돕겠다."

앵도는 무거운 마음을 안은 채 또박또박 아뢰었다.

"입궁한 이상 스스로 나갈 수는 없습니다. 대감마님께서 노여워하셔도 어쩔 수 없습니다."

우 대감이 장죽을 쭉 빨아들였다가 연기를 혹 내뿜더니 다시 입을 열었다.

"이쯤 말했으면 알아들었을 법도 하련만. 이만 가고 다시는 찾아오지 말거라."

더는 야단치거나 출궁하라고 압박하지 않는 우 대감이 앵도는 오히려 고마웠다.

"예, 그리하겠습니다. 하온데 한 가지만 여쭙고 가겠습니다. 아버님이 남기신 말씀 중에 '화선'이란 말이 있었다고 접때도 말씀드렸지요. 아무래도 이름 같은데 이름 주인이 누구인지 아시는지요?"

우 대감의 눈빛이 심하게 흔들렸다. 하지만 그뿐, 대답은 단호했다.

"무슨 뚱딴지같은 소리냐. 아는 바 없다."

"여인의 이름일까요, 아니면 대신의 호일까요?"

"모른다 하지 않았느냐!"

그때 바깥에서 전할 말이 있다는 소리와 함께 젊은 관원이 들어왔다.

"빈청*에서 대신들의 긴급 회의가 열린다 하옵니다. 속히 가 보셔야겠습니다."

"알겠네. 곧 나감세."

우 대감이 대답하고는 앵도를 보며 말했다.

"공주마마께 그 책은 곧 전해 드리겠다고 아뢰게."

앵도도 시치미를 뚝 떼고 눈치껏 인사했다.

"예, 그리 아뢰겠사옵니다."

홍문관에서 나온 앵도는 은진재로 가면서 계속 생각

---

*　빈청: 영의정·좌의정·우의정이 집무하던 곳.

했다.

'화선이라는 말에 대해 여쭤봤을 때 대감 눈빛이 심하게 흔들렸어. 주상 전하를 독살하려는 역모를 꾸민 사람이 중전마마가 맞는 걸까? 그걸 아버님이 알게 되자 누명을 씌운 것이고? 명현 대군이 중전마마 소생이니 저하를 제치고 그 자리에 앉히려고 역모를?'

너무 넘겨짚은 것 같기도 했다. 어릴 적 단짝의 아들인 세자를 중전이 노린다는 게……. 그러나 앵도는 다시금 고개를 저었다.

'왕실은 임금 자리, 세자 자리를 놓고 형제간 부자간에도 혈투를 벌이는 곳이야. 단짝의 소생을 몰아내고 자기 소생을 세자로 앉히려는 역모가 무어 대수일까.'

무엇이 맞는 생각일지 가늠이 되지 않았다. 편두통이 일며 망치로 두드리는 듯 왼쪽 이마가 딱딱 아파 왔다. 앵도는 잔뜩 몸을 움츠린 채 은진재를 향해 종종걸음 쳤다. 일단 좀 쉬고 싶었다.

'화선'이란 이름의 주인이 중전 민씨이며, 그가 주상을 독살하려 한 역적 무리의 몸통일 거라는 앵도의 심증은 점점 굳어져 갔다. 심하게 흔들렸던 우 대감의 눈빛이 그 증거였다. 그렇지만 이 사실을 어디서부터 어떻게 밝혀낼 수 있을지는 아득했다. 물증을 확보해야 하는데 너무도 어렵게만 느껴졌다.

더구나 우 대감 말대로 진실을 밝히려다 정체가 탄로 나세자나 공주에게까지 해를 끼치면 어쩌나, 하는 걱정도 들었다.

그러는 사이 또 며칠이 흘렀다. 앵도는 은진재 서재의
원탁에 마주 앉아 공주에게 〈규중칠우쟁론기*〉를 읽어 주
고 있었다.

　　세요각시**가 가는 허리를 구부리며

　　날랜 부리 돌려 이르되,

　　진주 열 그릇이라도 꿴 후에야 구슬이라 할 것이니

　　내가 아니면 옷을 어찌 지으리오.

　　세누비***, 미누비, 짧은 솔기, 긴 옷 지을 때

　　나의 날래고 빠름이 아니면

　　어찌 잘게 뜨며 어찌 굵게 박을 수 있으리오.

공주가 손뼉을 치며 깔깔 웃었다.

"하하, 말 되네. 세요각시가 없으면 어찌 옷을 지으리?
계속 읽어 봐 앵도야."

"예, 마마. 이어 읽겠습니다."

---

* 　규중칠우쟁론기: 바늘, 자, 가위, 인두, 다리미, 실, 골무 따위를 의인화하
　 여 인간 사회를 풍자한 한글 수필.

** 　세요각시: 〈규중칠우쟁론기〉에서 바늘을 뜻하는 말.

*** 세누비: 누빈 줄이 촘촘하고 고운 누비.

이번엔 청홍흑백각시*가

얼굴이 붉으락푸르락하여 말하기를

세요야 네 공이라 자랑 마라

네 아무리 착한 체하나 한 솔기나 반 솔기인들

내가 아니면 어찌 성공하리오.

공주가 신나 하며 또 추렴을 넣었다.

"옳소, 옳소. 청홍흑백각시가 아니면 한 솔기인들 반 솔기인들 어찌 옷을 꿰리오."

공주와 앵도는 주거니 받거니 하며 책을 읽었다. 공주와 궁녀 사이라기보다는 마음이 꼭 맞는 책 동무 같았다. 〈규중칠우쟁론기〉를 다 읽고 나자 공주가 말했다.

"앵도야, 이거 우리 몇 번째 읽는 거니? 다섯 번쯤 되나?"

앵도가 웃으며 대답했다.

"예, 다섯 번째가 맞을 듯합니다."

"난 이 글 너무 재미있고 좋아. 바느질 도구들이 사람처럼 말하고 행동하는 것도 그렇고, 바느질할 때 자기 공이 더 크다고 당당히 말하는 것도 재밌어. 앵도는 안 그래?"

"저도 무척 좋아하는 글입니다, 규중칠우가 저마다 내가

•   청홍흑백각시: 〈규중칠우쟁론기〉에서 실을 뜻하는 말.

없으면 바느질 못 한다, 내가 최고다, 이러는 게 너무 귀엽고 좋아요. 정말 하나하나 다 중요한 바느질 도구잖아요. 조선 여인들이 남정네한테 눌려 살지만 이렇게 당당하고 자부심을 가졌으면 좋겠어요."

"그렇지? 여자라고 기죽지 말고. 정말 여인네가 없으면 세상이 어떻게 굴러가겠니?"

"옳은 말씀입니다. 여인네들은 한집안을 꾸리고 세상을 이어 갈 아기도 낳아 키우니까요. 자부심을 갖고 당당하게 살아야지요."

그런데 갑자기 공주가 말머리를 돌렸다.

"참, 수방*에 좀 다녀오련? 이 글을 읽으니까 갑자기 궁금하네. 수방에서 새 옷에 수를 다 놓았는지."

"아, 대비마마 생신 축하연 때 입으실 당의** 말씀이시지요? 얼른 알아보고 오겠습니다."

은진재를 나와 수방으로 가면서 앵도는 생각했다.

'좋은 기회야. 수방나인들한테 찔레 언니 얘기를 슬쩍 물어봐야겠어.'

---

* 수방: 궁중에서 수놓는 일을 맡아보던 부서.
** 당의: 여자들이 저고리 위에 덧입는 한복의 하나. 예복으로 사용하였다.

맡은 일이 달라 육처소*의 다른 나인들을 만날 일이 드물고, 만난다 해도 찔레 얘기를 꺼내기가 어려웠는데 이번이 기회다 싶었다.

그런데 수방으로 향하던 길, 마음이 급하다 보니 돌부리에 발이 걸려 넘어지며 치맛자락을 왕창 찢기고 말았다. 앵도는 옷을 갈아입고 가려고 처소로 돌아와 옷장을 열었다. 그러다 옷장 옆면에 날카롭게 긁힌 여러 자국들을 보았다. 뾰족한 것으로 위에서 죽죽 내려 그은 듯한 자국이었다. 오늘따라 햇볕이 들창으로 쏟아져 들어와 눈에 띈 듯했다.

'이런 자국이 있었네? 오래된 옷장이라 긁힌 자국이 많은가 보다.'

앵도는 대수롭지 않게 생각하고 치마를 갈아입은 후 다시 수방으로 향했다. 그때 맞은편에서 오던 반가 규수 차림의 처자가 대뜸 옷소매를 잡았다.

"오가 앵도? 맞구나? 되바라진 책비 년! 네가 왜 여기 있니?"

한성판윤 외동딸 송예련이었다. 앵도는 얼른 손부터 뿌리쳤다.

---

* 육처소: 궁중의 안살림을 나누어 맡은 여섯 부서. 침방, 수방, 세수간, 생과방, 소주방, 세답방을 이른다.

"아, 싸가지 모임에서 뵌 아기씨군요."

송예련이 발끈하며 핏대를 올렸다.

"싸가지 아니고 사가지라고 몇 번을 말했니? 근데 네가 왜 궁에 있냐고. 옷차림을 보니…… 혹시 궁녀?"

"예, 공주마마께 책을 읽어 드리는 책비나인이 됐습니다."

"뭐? 공주마마의 책비나인?"

송예련의 안색이 급격히 어두워졌다. 앵도는 속짐작을 했다.

'공주마마와 송예련이 친구구나. 지난번에 세자 저하가 말씀하신 송 규수가 송예련이었어.'

어쨌든 말을 섞을 이유도 겨를도 없어 걸음을 옮기는데 송예련이 다시 옷소매를 잡았다.

"잠깐, 너 우리 모임에서 있었던 일, 공주마마나 대비마마께 입도 뻥긋하지 마. 다른 궁녀들한테도 마찬가지야. 만약에 발설할 시, 쥐도 새도 모르게……."

앵도는 송예련의 손을 뿌리치며 대꾸했다.

"쥐도 새도 모르게 죽어 버린다, 그 말입니까?"

"그래, 명심해. 목숨줄 안 끊기려면."

"아기씨도 조심하세요. 접시 물에 코 안 박으려면."

앵도는 약을 바짝 올려 주고는 수방으로 향했다. 송예련이 뒤에서 씩씩거리는 소리가 들렸다.

⁂

수방에서는 나인들 여럿이 수틀을 끼고 앉아 용포, 당의, 원삼 같은 옷을 비롯해 댕기, 아얌, 조바위 따위에 봉황이며 연꽃, 모란 무늬를 수놓고 있었다. 그중 앵두보다 한두 살 많아 보이는 나인이 공주의 당의에 연꽃 자수를 새기는 중이었다.

"진짜 고와요. 연꽃이 정말 활짝 피어난 거 같아요. 어쩜 이렇게 수를 잘 놓으셔요?"

앵도가 탄복하자 나인이 환하게 웃었다.

"공주마마께서 입으실 당의라서 더 정성껏 수놓았답니다. 내일이면 완성되니 공주마마께 그리 말씀드려 주세요."

"예, 자수가 엄청 곱다고도 말씀드릴게요."

앵도가 대답하자 반달 눈매 나인이 거들었다.

"공주마마께서 최씨 항아*님이 수놓은 옷만 좋아하신답니다. 근데 오씨 항아님은 책비나인 할 만하지요? 우리처럼 2교대 근무가 아니니 얼마나 좋아. 상궁마마 눈치 안 봐

* 항아: 궁중에서 상궁이 되기 전의 궁녀를 이르던 말.

도 되고."

다른 나인들도 부러운 눈길을 보냈다.

"공주마마께 책이나 읽어 드리고 은진재만 잘 관리하면
되니 꿀보직이지요."

"우린 수놓느라 맨날 바늘에 손 찔리고 지문도 닳아 없어
지는데, 책비나인은 진짜 재미있고 편할 거 같아요. 글공부
좀 하고 책도 많이 읽어서 책비나인 될걸, 이제 와서 그럴
수도 없고, 호호……."

"게다가 우린 10년간 죽어라 노력해서 나인이 됐는데 오
씨 항아님은 궁녀 교육도 속성으로 받고 정식 나인이 됐잖
아요."

수방나인들이 부러워할 만도 한 것이, 임금과 왕비를 가
까이 모시는 지밀나인은 물론이고 세수와 목욕 관련 일을
하는 세수간, 음식을 만드는 소주방, 별식을 만드는 생과
방, 빨래와 다듬이질을 하는 세답방, 옷 만드는 침방 등에
서 일하는 나인들은 격일 근무나 하루 2~3교대 근무를 한
다. 하지만 책비나인인 앵도는 근무 시간이 여유로웠다. 공
주에게 책을 읽어 주는 시간도 길어 봤자 하루 두세 시간
이고, 이삼일에 한 번 정도는 대비전에 책을 읽으러 가기도
하지만 나머지 시간엔 곱분이와 함께 서가를 정리하고 서
재를 소제하는 일만 하면 됐다. 찔레의 공백을 빨리 메워야

해서 궁녀 교육을 속성으로 받은 것도 사실이었다.

"예, 저도 감사하게 생각하고 있습니다."

앵도가 겸손하게 대답하는데 누군가 말했다.

"신참례도 안 했다면서요? 우리는 신참례 할 때 죽어나는데, 선배들 텃세에…….."

공주 옷을 전담하는 최 나인이 타박을 놓았다.

"신참례고 뭐고 할 사람이 있었나. 책비나인이라고는 손씨 항아님이 처음이었는데 죽어서 나갔잖아요. 참, 손씨 항아님이랑 같은 세책방에서 일했다면서요?"

'손씨 항아'라면 찔레를 가리켰다. 찔레 이야기를 언제 꺼낼까 하던 참이라 앵도는 잘되었다 싶었다.

"예, 맞습니다."

이번에는 반달 눈매 나인이 조심스레 물었다.

"근데요, 세책방에서 일할 때 손씨 항아님 건강이 안 좋았어요?"

이때다 싶어 앵도는 모른 척 되물었다.

"누구보다도 건강했어요. 그런데 왜요?"

"아, 손씨 항아님이 급환으로 죽었다고 해서요."

"저도 그렇게 들었는데……. 찔레 언니가 여기 와서 많이 아팠나요?"

"아니요……. 아, 우리는 그 항아님을 자주 보지는 못했

155

으니까 정확히는 몰라요."

최 나인이 말을 하다가 살짝 발뺌을 했다.

"그런데 어쩌다 병에 걸렸는지 아시는 것들 없으세요?"

앵도가 내처 묻자 반달 눈매 나인이 나직이 말했다.

"저기, 급환이 아닐지도 몰라요. 손씨 항아님 출궁되기
전에 누가 봤는데, 글쎄 머리칼이 흐트러진 채 막 땅바닥에
서 구르더래요. 목이랑 가슴팍도 박박 긁었고요……. 그런
데 그다음 날인가 죽어 나갔다고……."

"정말이에요? 급체했다고 들었는데……."

앵도는 깜짝 놀랐다. 최 나인이 한마디를 보탰다.

"저도 들었어요. 하도 긁어서 손톱 발톱도 다 문드러졌
더래요. 외롭고 힘들어서 독약 먹고 스스로 목숨을 끊으려
했다는 소문도 있는데 씩씩했던 사람이라 안 믿겨요. 그리
고 전날 중궁전에서……."

바로 그때였다.

"네 이년들! 궁중의 일에 어찌 함부로 입방아를 찧느냐!"

언제 왔는지 감찰상궁°이 서슬 퍼런 얼굴로 눈을 부라렸
다. 앵도와 수방나인들은 깜짝 놀라 납작 엎드렸다.

° 감찰상궁: 궁녀들의 부정부패를 감시하고 조사하여 처벌하는 임무를 맡
은 상궁.

"특히 너희 두 년! 최가 단이, 정가 말녀! 쥐부리글려를 했는데도 입조심을 아니 하는구나. 도모지를 당해 봐야 정신을 차리겠느냐!"

감찰상궁이 최 나인과 반달 눈매 나인에게 삿대질을 하며 호통을 쳤다. 둘은 부들부들 떨며 대답했다.

"마마님! 죽을죄를 지었습니다. 입조심 말조심하겠습니다!"

"앞으로 조심하겠습니다. 목숨만은 살려 주시옵소서!"

'쥐부리글려'란 정식 나인이 되기 전의 생각시들에게 입조심을 강조하기 위해 하는 의식이다. 생각시들이 동그랗게 만든 밀떡을 입에 붙인 후 흰 무명천으로 가리고 있으면 내관들이 불붙인 장대를 입에 갖다 대고 지질 듯 휘두르며 '쥐부리 지져, 쥐부리 글려'라고 외치며 공포심을 불러일으키는 것이다. 실제로 입을 함부로 나불댄 궁녀가 있을 때는 불붙인 장대로 입을 지져 다른 나인들에게 본때를 보이기도 한다. '도모지'는 입조심 말조심을 안 한 궁녀에게 물에 젖은 한지를 얼굴에 발라 숨을 못 쉬게 하여 질식사를 시키는 고문 방법이었다.

감찰상궁이 앵도에게도 소리쳤다.

"오가 앵도! 너 역시 손가 찔레의 '손' 자 '찔' 자도 입에 담아서는 아니 될 것이야! 알겠느냐?"

"명심하겠습니다, 마마님."

앵도는 납작 엎드린 채 대답했다. 하지만 마음속에는 커다란 의심이 똬리를 틀고 있었다. 찔레의 죽음에 확실히 수상한 점이 있었다.

감찰상궁은 찬바람을 일으키며 가 버렸고 수방나인들은 자물쇠로 잠근 듯 입을 꼭 다문 채 다시 수를 놓기 시작했다. 앵도는 수방을 나와 공주전으로 가 공주에게 새 당의의 자수가 내일이면 완성될 거라는 얘기를 전한 뒤, 은진재로 향했다. 그때까지도 너무너무 가슴이 떨리고 다리가 후들거렸다.

'찔레 언니는 급체한 게 아니라 독약을 먹은 것 같아.'

찔레가 쓰던 처소의 옷장에 나 있던, 날카로운 것으로 긁힌 자국마저 심상치 않게 느껴졌다. 문득 《증수무원록》이 생각났다. 멸문지화를 당하기 전 외가에 살인 사건이 일어났을 때 큰오라버니가 참고해 범인을 찾아냈던 책이자, 여러 독극물에 대한 책이었다. 그때 관심이 생겨 앵도도 다른 법의학서들과 함께 읽어 봤기에 기억이 난 것이었다.

앵도는 급히 은진재로 가서 서가를 뒤졌다. 하지만 《증수무원록》도, 그 비슷한 책도 없었다.

'예전에 한성세책방에서 세자 저하가 《증수무원록》을 보시기에 법의학서에 관심 있냐고 여쭤봤는데 모르는 책이라

고 하셨어. 그러면 은진재에도 없는 거야. 어떡하지?'

앵도는 《증수무원록》을 구할 길이 없어 갑갑하고 난감했다. 어떻게든 방법을 찾아야 했다.

그분이 손수

몸을 날린 까닭

"한성세책방에 보내 달라고?"

공주가 눈을 동그랗게 떴다. 앵도는 간절한 마음으로 대답했다.

"외람되고 송구하오나 며칠 있으면 한성세책방 주인 조책쾌 생일입니다. 소인을 책비로 만들어 주고 공주마마를 뫼시는 책비나인이 되는 데 도움을 준 분이라 친부모만큼 받드는 분입니다. 언제라도 반나절 정도 휴가를 주신다면 잠깐 다녀오고 싶습니다."

공주는 선뜻 대답했다.

"그렇게 해. 안 그래도 한번쯤 세책방에 보내 주려고 했어. 오늘이라도 다녀오도록 해."

앵도는 너무 기뻐 거듭 고개를 조아렸다.

"정말이시옵니까? 마마, 황송하옵니다. 채비해서 얼른 다녀오겠습니다."

어제 수방에 다녀온 후 앵도는 은진재에 《증수무원록》 같은 법의학서가 없는 걸 알고 어떡하면 그 책을 구할 수 있을지 골똘히 궁리했다. 처음엔 규장각이나 홍문관이 생각났다. 공주에게 읽어 줄 책이 은진재에 없거나 새 책들이 필요하면 그곳들을 통해 빌려 오거나 새로 들여오기 때문이었다. 《증수무원록》 같은 법의학서는 당연히 두 관아에 있을 것 같았지만, 공주나 세자가 볼 책이 아닌데 빌려 오기가 꺼려졌다. 차라리 한성세책방에 가서 보고 오는 게 좋을 것 같았다.

마침 며칠 후가 조 책쾌 생일인 것이 기억났다. 그래서 아침나절에 공주에게 책을 읽어 준 후, 그 핑계를 대고 조심스럽게 말을 꺼낸 것이었다.

"이걸로 책쾌 생일 선물이랑 책비들 선물 사서 가렴. 재미있는 책도 몇 권 사 오고. 《광통교 연가》 같은 소설 말이야. 세책방에는 재미난 책들이 많을 거 아냐. 알겠지?"

공주가 반닫이를 열어 뒤적뒤적하더니 엽전 꾸러미를

건네며 한쪽 눈을 찡긋했다. 앵도는 엽전 꾸러미를 도로 공주 앞에 밀어 놓았다.

"소인에게도 돈 있습니다. 월봉 모아 둔 것이 넉넉합니다."

"내가 앵도한테 이 정도도 못 할까. 한성세책방이 친정이나 다름없는 곳일 텐데 입궁 후 처음으로 가면서 빈손으로 가면 되겠어? 책쾌하고 책비들에게는 공주가 주는 선물이라고 해."

공주의 마음 씀씀이에 앵도는 감읍하고 말았다.

"마마, 황송하옵니다. 꼭 공주마마께서 주시는 선물이라고 전하겠습니다. 새로 나온 따끈따끈한 염정 소설도 여러 권 대령하겠습니다."

"그래, 얼른 채비해서 다녀오렴."

궁을 나온 앵도는 운종가에서 조 책쾌와 책비들에게 줄 선물을 산 후 한성세책방으로 향했다. 세책방은 예전 모습 그대로였다. 출입문부터 손님들로 북적거리고, 한쪽 방에서는 '오늘의 책비' 이반투가 성황리에 진행되고 있었다. 다만 정작 보고 싶었던 조 책쾌와 보리는 출장을 나가고 없었다. 아쉬웠지만 다른 책비들과 인사를 나누고 선물도 전한 뒤, 홀로 서가로 갔다.

책은 금방 찾을 수 있었다. 의서가 있는 서가의 마지막 칸 맨 아래에《증수무원록》이 있었다. 앵도는 급히 책을 꺼내 들고 처음부터 샅샅이 들춰 보았다.

'이 책에 독극물에 대한 내용이 있었던 거 같은데…….'

기억은 제법 정확했다.《증수무원록》중간쯤에 독극물에 관련한 내용만 모아 놓은 '중독사' 부분이 있었다. 앵도는 온 신경을 집중해 내용을 훑었다. 수은, 비상, 천남성 등여러 독극물에 이어 '간수'에 대한 내용이 나오는 대목에서 앵도는 흡, 하며 숨을 가다듬었다. 간수를 먹고 죽은 시신의 상태를 설명한 내용이 수방나인들이 말한 찔레의 증세와 거의 같았기 때문이다.

특히 간수를 먹으면 땅에 구를 정도로 통증이 심하다는 구절에서 앵도는 가슴이 울컥했다.

'찔레 언니가 죽은 게 간수 때문일지도 몰라. 옷장의 긁힌 자국도 찔레 언니가 손톱으로 긁은 거고.'

차라리 급체로 인한 급환이길 바랐건만 독극물을 먹고 고통스럽게 죽어 갔을 걸 생각하니 가슴이 찢어지는 듯했다. 누군가에 의해 독살당했을지도 모른다 생각하니 더욱 마음이 아팠다.

하지만 울고 있을 때가 아니었다. 앵도는 마음을 추스르고 다른 책도 있는지 더 살펴보았다. 기억으로는 이런 종류

의 책으로 청나라 의서인 《변증록》과 법의학서인 《무원록*》,
이 책에 주해를 달아 다시 쓴 조선 책 《신주무원록》, 범죄
판례집인 《심리록**》도 있었던 것 같은데. 한성세책방에는
《변증록》과 《심리록》 말고는 없었다.

　그사이 들창 밖은 벌써 노을이 지고 있었다. 궁으로 돌
아갈 시간이었다. 마음이 급해진 앵도는 《증수무원록》,
《변증록》, 《심리록》과 함께 《광통교의 잠 못 이루는 밤》을
비롯한 염정 소설 두어 권을 사서 세책방을 나섰다. 책값은
지불했지만 책 제목과 구입자 이름은 적지 않았다. 나중에
무슨 빌미라도 될까 걱정스러워서였다. 왕실에서 보는 책
은 함부로 장부에 적지 않는다고 하니 담당 책비도 순순히
수긍했다.

　율은 운종가 시전***을 지나고 있었다. 나라의 허가를 받
아 독점적으로 장사를 하는 시전이 점포 없이 장사를 하는

●　　무원록: 중국 원나라의 법의학서.

●●　심리록: 조선 정조 때 각종 범죄에 대해 기록한 판례집.

●●●　시전: 지금의 종로를 중심으로 설치한 상설 시장. 이곳 상인들은 나라에
　　서 상업 활동을 보장받았다.

난전을 무리하게 단속하는, 이른바 '금난전권'의 폐해가 심각해 그 실태를 살펴보고자 잠행을 나온 것이었다. 실제로 나와 보니 시전 상인들이 마구잡이로 단속하며 행패를 부려 난전 상인들이 억울함을 겪는 듯했다.

"아무래도 금난전권을 폐지해야겠네. 누구나 장사를 하고 싶으면 자유롭게 할 수 있어야지. 자네 생각은 어떠한가?"

율은 한 걸음 뒤에 걸어오는 건휘에게 물었다.

"예, 소인도 그리 생각합니다. 그래야 상업도 발전할 테고요."

바로 그때 맞은편 공터에서 여인의 비명이 들려왔다.

"아악! 놔! 놓으라고! 살려 주세요! 도와주세요!"

사람들이 웅성웅성하며 그쪽으로 가는데 또다시 여인의 비명이 날아왔다.

"이놈들, 백주 대낮에 무슨 짓이냐! 손 놓으라고!"

"저리로 가 보세."

율은 건휘를 재촉해 급히 공터로 갔다. 험상궂게 생긴 사내 셋이서 장옷을 쓴 여인을 질질 끌고 가고, 여인은 끌려가지 않으려 안간힘을 쓰고 있었다. 여인은 한 손으로는 책보를 쥐고 한 손으로는 장옷을 여몄는데 사람들에 가려 얼굴은 보이지 않았다. 모여든 사람들이 손가락질을 하며 웅성웅성하자 놈들이 눈을 부라리며 엄포를 놓았다.

"집문서 훔쳐 야반도주한 누이 년 끌고 가는 거요! 끼어들었다간 험한 꼴 볼 것이오!"

"암, 병든 부모 팽개치고 저 혼자 잘 살려고 도망친 몹쓸 패륜녀라오!"

사람들이 수군거렸다.

"오라버니들 맞아? 아닌 거 같은데?"

"요새 설친다는 인신매매단 아녀?"

놈들에게 잡힌 여인이 몸을 버둥거리며 소리쳤다.

"오라버니 아녜요! 모르는 사람들이에요! 도와주세요!"

익숙한 목소리에 놀라 율은 사람들을 헤치고 앞으로 나갔다. 놈들에게 잡힌 여인은 앵도였다.

"이놈들! 웬 행패냐!"

율은 눈에 불꽃을 튀기며 번개같이 날아가 옆차기로 놈들을 후려쳤다. 건휘도 율을 호위하며 놈들과 대적했다. 율과 건휘가 나타나자 앵도는 깜짝 놀랐다. 얼굴에 길쭉한 칼자국이 있는 놈이 율을 잡고 시퍼런 단도를 얼굴에 바짝 들이댔다.

"아이고, 샌님 도령 낄 데가 아니거든. 상판대기 아작 나기 전에 물러서지?"

건휘가 날랜 솜씨로 놈의 팔을 잡아 우두둑 비틀었다.

놈은 제 칼에 제 얼굴을 베이며 널브러지고, 단도는 돌멩이에 툭 떨어지며 두 동강이 났다. 이번엔 털북숭이가 굵다란 쇠사슬을 처걱처걱 돌리며 다가왔다.

"뭔 사이길래 계집년 때문에 두 놈이나 목숨을 건댜? 오늘이 제삿날이니 각오해랏!"

하지만 놈이 쇠사슬을 내리치는 것보다 건휘가 더 빨랐다. 목뼈가 부러졌는지 허리가 나갔는지 놈은 어구구 소리를 내며 풀썩 엎어져 기절해 버렸다. 그때 뒤에서 걸걸한 목소리가 들렸으니, 아직 한 놈이 더 있었다.

"오매, 솜씨가 쪼까 제법이다잉. 근디 이년 목숨은 내한테 달렸는디 으짜쓰까이? 두 손 버쩍 올려 뿌고 후딱 물러서라잉! 안 그랬다간 이년 목이 댕강 날아갈 텡게."

놈이 한 손으로는 앵도의 머리채를 쥐고 한 손으로는 단도로 목덜미를 겨눈 채 소리쳤다. 앵도는 장옷도 책보도 다 떨어뜨린 채 경황이 없어 보였다. 바로 그 순간 허공에서 화살 여러 대가 날아와 놈의 가슴에 파파팍 꽂혔다. 놈은 가슴에서 벌건 피를 내뿜으며 벌러덩 나자빠졌다. 빙 둘러서 있던 사람들이 손뼉을 쳤다.

"이야! 대단하네, 대단해!"

"저놈들이 인신매매단이었던 거? 무서라."

"화살은 대체 어디서 날아온 거?"

앵도는 매무새를 수습한 후 율에게 고개를 조아렸다.

"송구하고 황송합니다. 다치신 데는 없는지요?"

율이 상기된 표정으로 되물었다.

"오 나인이야말로 괜찮으냐?"

"괜찮사옵니다."

"저잣거리엔 웬일이냐."

앵도는 거짓을 조금 보태 대답했다.

"한성세책방에 왔다 가는 길이었습니다. 공주마마께서 사 오라신 책도 있고 해서요."

건휘가 바닥에 떨어진 책과 책보, 장옷을 주워 건넸다. 앵도는 감사를 표한 후 책들을 얼른 책보에 싸고 장옷으로 얼굴을 싸맸다. 율이 채근했다.

"어둑해지니 얼른 돌아가거라. 혼자 가도 괜찮겠느냐?"

"예. 그럼 먼저 가겠습니다."

앵도는 공손히 인사한 후 바삐 걸음을 옮겼다. 그 모습을 보며 율이 건휘에게 지시했다.

"마침 우리가 봐서 다행이네. 무관 한둘 붙여 멀찌가니 호위하게. 딴 놈들이 따라붙을지도 모르니."

건휘가 대답했다.

"예, 그리하겠습니다. 하온데 소인들에게 맡기셔야지 손수 나서시면 어쩝니까?"

"눈앞에서 백성이 봉변을 당하고 있는데 어찌 보고만 있는가. 인신매매단이 백주 대낮에 설쳐 대니 대책을 세워야겠네."

"저하께서는 일개 궁녀의 어버이가 아니라 만백성의 어버이가 될 분입니다. 궁녀 하나 구하려다 큰일 날 뻔하시지 않았습니까. 십년감수했습니다. 저하께서……."

율이 건휘의 말꼬리를 툭 잘랐다.

"말이 많네. 환궁이나 하세."

한편 앵도는 대궐로 가면서 가슴을 쓸어내렸다.

'딱 그때 나타나시다니, 저하와 좌익위가 아니었으면 어쩔 뻔했어. 십중팔구 놈들한테 끌려갔을 텐데 아찔하네. 화살은 익위사 무관들이 쏜 것이겠지?'

그런데 좌익위야 그렇다 쳐도 세자가 손수 몸을 날려 자신을 구했다는 게 특별하게 생각되었다.

'일개 궁녀를 구하려고 직접 나서시다니. 다치기라도 하면 어쩌려고 그러셨을까.'

늦여름과 초가을 사이에 있는 어느 날 오후였다. 창경궁 동쪽에 있는 함춘원 활터에서는 율이 건휘와 더불어 활을 쏘고 있었다.

청색 철릭을 차려입은 율이 사대에 서서 활시위를 팽팽하게 당겼다가 탁 놓았다. 푸른 허공을 향해 날아간 화살은 과녁 정중앙에 가서 팍 꽂혔다. 나뭇가지에 앉아 있던 새들이 푸드덕 날아오르고, 과녁 가까이 서 있던 무관은 붉은 깃발을 올리며 소리쳤다.

"관중(貫中)이오!"

율은 만족스러운 표정으로 건휘에게 눈짓했다. '네가 쏠 차례다' 하는 눈빛이었다. 건휘가 율에게 묵례한 후 힘차게 활시위를 당겼다. 화살은 과녁 위에 꽂혔고 무관은 흰 깃발을 들며 소리쳤다.

"양(楊)이오!"

"어찌 또 빗나갔는가? 일부러 빗맞힌 게지?"

율이 웃으며 말했지만 건휘는 정색을 하고 대답했다.

"그럴 리가요. 오늘따라 활쏘기가 잘 안되옵니다."

"백발백중 천하 궁사가 할 말인가? 내 기를 살려 주려고 부러 그러는 게지."

"당치 않습니다. 저하야말로 일등 무관 뺨치게 궁술이 뛰어나신데 소인이 그럴 까닭이 없지요."

율이 벙그레 웃었다.

"의심스럽다만 알겠네. 아무튼 오랜만에 활을 쏘았더니 마음이 상쾌하군. 관중률도 이만하면 괜찮고."

율은 활쏘기를 마치고 건휘와 더불어 환궁했다. 그런데 옷을 갈아입자마자 주상이 찾는다는 전갈이 왔다. 하루 두 차례, 조석으로 문후를 여쭈기에 곧 뵈러 갈 참이었지만 율은 급히 대전으로 갔다. 역모 사건이 일어나기 전, 주상은 자주 율을 불러 바둑이나 장기를 두며 오붓한 시간을 가졌다. 그만큼 율을 총애했고 부정도 깊었다. 하지만 역모 때

음독한 후유증으로 시난고난 앓으면서는 먼저 부르는 일이 드물었다. 그렇기에 대전으로 가면서도 율은 무슨 특별한 일이라도 생긴 건 아닌가 싶어서 걱정이 됐다.

"아바마마, 소자 찾아 계시옵니까?"

"급히 논의할 일이 있어 불렀느니라."

반듯이 앉은 주상이 근엄한 얼굴로 말했다. 늘 침의 차림으로 병석에 누운 채 맞이하던 주상이기에 율은 깜짝 놀랐다. 주상은 그 어느 때보다도 용안에 화색이 돌고 생기가 있어 보였다. 말소리도 한결 힘찼다. 율은 효성스럽게 대답했다.

"아바마마. 하루 열 번을 부르신다 한들 한걸음에 달려올 것이옵니다. 옥체 강녕해 보이셔서 얼마나 기쁜지 모릅니다."

"병이라는 게 어느 날 훅 씻은 듯 물러가기도 하더구나. 내 병도 다 나은 듯싶다."

율은 그 말이 너무도 반가웠다.

"소자, 참으로 기쁘기 한량없고 감축드리옵니다."

곧 주상은 나인들은 물론 상선*까지 오십 보 밖으로 물린 후 말했다.

* 상선: 내시부의 종이품 환관직.

172

"그간 얼마나 고생이 많았느냐? 대리청정을 하느라 힘들지 않았느냐."

"아바마마께서 환후 중이시니 당연히 해야 할 일을 한 것뿐이옵니다. 다만 소자 여러모로 미진하여 제대로 국사를 돌보지 못한 듯하여 송구할 따름입니다."

"그렇지 않다. 대리청정을 맡기고 보니 세자의 진가를 알고도 남겠더구나. 대제학을 비롯한 대신들도 칭찬이 자자했다. 대비마마께서도 흡족해하셨고."

"과찬에 몸 둘 바를 모르겠습니다. 대신들이 성심으로 보좌해 준 덕분입니다. 특히 대제학이야말로 소자를 잘 보좌해 주어 얼마나 고마운지 모릅니다. 할마마마께서도 조언을 많이 해 주셨습니다."

"여튼 고생했다. 내 이제 직접 국사를 돌보고자 한다. 대리청정을 거둔다는 교지를 내리고 내일부터 직접 국사를 살필 것이니 그리 알거라. 다만 얼마간은 세자가 나를 도와야겠구나."

"예, 아바마마께 그때그때 아뢰기는 했습니다마는 그동안 소자가 처리한 일들을 일목요연하게 정리하고, 조정 현안과 쟁점을 요약해 올리겠습니다."

"그리하거라. 그리고 한 가지 일러둘 것이 있구나. 바짝 와 보거라."

율이 가까이 다가가 앉자 주상이 심호흡을 한 뒤 말을 이었다.

"세자에게 중한 명을 내릴 것이니 귀담아듣거라. 이제부터 세자는 3년 전에 벌어졌던 역모의 진실을 밝히거라. 나를 독살하려 했던 역당이 누구이며 주모자는 누구인지 낱낱이 밝히거라."

율은 흠칫 놀라 주상을 보았다.

"송구하오나 그 일은 이미 다 밝혀지지 않았습니까?"

"그렇지 않다. 역모의 주모자는 예조 판서 윤공회가 아니다. 예판 대감은 억울하게 누명을 쓴 것이지 절대 주모자가 아니니라."

"정녕 그렇사옵니까? 외람되오나 그리 확신하시는 까닭을 여쭤봐도 될는지요?"

"내가 그때는 심신이 쇠약해져 사건의 진상을 제대로 파악하지도, 죄인을 가려내지도 못하였다. 예판 대감을 그리 허무하게 보냈지만 언젠가는 꼭 진실을 제대로 밝히리라 마음먹으면서 하루하루를 견디고 버텼다."

"아바마마, 소자는 그것도 모르옵고……."

"세자가 무슨 수로 알았겠느냐. 내가 세자까지 속여 가며 아무 말도 하지 않았거늘. 사실 기력을 찾은 지는 좀 되었다만 역모를 일으킨 무리들이 눈치 채지 못하게 기다렸을 뿐이다."

계속되는 주상의 이야기에 율은 놀랄 수밖에 없었다.

"소자는 그저 환후 위중하신 줄만 알고……. 세심히 헤아리지 못한 불효를 용서치 마옵소서."

"내가 모두를 감쪽같이 속였다 하지 않더냐? 오죽하면 상선도 몰랐겠느냐. 세자에게도 감출 수밖에 없었음을 이해하거라. 진짜 역당들을 속여야 하다 보니……."

"하오면 심증이 가는 무리라도 있으십니까?"

"심증은 있지만 물증이 없기에 세자에게 부탁하는 것이다. 내가 말하는 것에 대해 은밀히 알아보도록 하여라."

주상이 찻잔을 들어 입을 축인 후 말을 이어 갔다.

"예판 대감이 역모에 휘말리기 전, 청나라 약쟁이가 만든다는 독약 이야기를 내게 했었다. 사람을 즉시 죽일 수도 있지만, 오랜 기간에 걸쳐 서서히 죽일 수도 있는 것이라 했지."

"예판 대감이 그 말씀을 왜 아바마마께 올렸을지요."

"그러니까 말이다……. 그저 도성 밖 암자에 갔다가 돌아오는 길에 우연히 그런 자를 만났다고만 했다. 나도 더는 캐묻지 않았지. 그런데 얼마 뒤 내가 조반을 먹은 후 노란 물을 토하며 쓰러졌고, 예판 대감이 역모의 주범으로 몰렸느니라."

"수라를 드신 후 황수를 토하시었다고 들었습니다."

"그때는 국청*에서 조사 결과를 들이대며 예판 대감이 꾸민 일이라 하니 어쩔 수가 없었다. 내가 몸이 아파 직접 조사에 나설 수도 없었고, 한시라도 빨리 조정을 안정시켜야 했다. 그런데 나중에서야 그날 조반이 유난히 짰다는 생각이 들더구나."

수라상에 올라간 음식이 짰다니, 율은 어이없고 의아했다.

"수라가 어찌 짤 수가 있는지요. 당시 지밀상궁이나 수라간 궁녀들을 다 조사해 봐야겠습니다."

"더 이상한 것은 내가 병석에서 받은 탕약 역시 짠 것이야. 탕약이 짜다고 몇 번이나 말했는데 계속 그런 게야. 시간이 갈수록 예판 대감이 누명을 썼다는 의심이 짙어지더구나."

"예판 대감은 아바마마의 죽마고우고, 대제학과 더불어 아바마마께서 가장 총애하는 충신이셨으니까요."

"요즘 예판 대감이 자주 꿈에 나타나 원망 어린 눈으로 나를 보는구나. 죽은 이가 꿈에 자주 나타날 때는 할 말이 있는 게 아니겠느냐? 해서 더는 미룰 수 없다 생각했다."

---

* 국청: 역적 등 중죄인을 심문·재판하기 위해 설치한 임시 특별 관아.

"예, 자초지종을 알겠사옵니다. 소자, 모든 능력을 총동원해 진실을 파헤쳐 보겠습니다."

사실 율은 주상에게 할 말이 있었지만 일단은 이렇게만 아뢰었다. 아직은 조심스러운 부분이 있기 때문이었다. 율의 대답에 심각했던 주상의 얼굴이 비로소 환히 펴졌다.

"세자가 아비 말을 이상하게 생각하면 어쩌나 했는데 대답을 들으니 힘이 나는구나. 억울한 죽음이 있다면 그 진실을 밝히는 것이 산 자의 도리일 것이다."

"흡족하시도록 진실을 밝히겠습니다."

"그래야지. 모쪼록 철저히 보안하고 몸조심하거라. 저들이 눈치채면 안 될 것이니. 지난 역모가 성공하지 못한 이상 이번에는 세자를 노릴 수 있다."

"각별히 조심할 테니 염려치 마옵소서."

"하루빨리 역당들을 찾아내고 새 세자빈도 맞이해 후사를 잇도록 하라. 그래야지만 세자 지위도 단단해지고 종묘사직이 굳건해질 것이다."

갑작스런 세자빈 이야기에 율은 에둘러 대답했다.

"예, 우선 역모 재조사에 집중하고, 새 빈궁을 맞는 일은 차차 생각해 보겠습니다."

"대비마마와 공주에게도 비밀로 붙여야 할 것이야. 참, 이걸 더 알아 두어야겠다."

주상은 역모가 벌어졌을 때, 독이 든 음식을 먹은 후 몸 상태가 어떠했었는지를 자세히 말했다. 이후 병석에 누워 시난고난 앓았을 때의 증세라든가, 매일 올라오는 탕약에서 느껴졌던 짠맛 등에서 대해서도 설명했다. 그것을 알아야만 역모에 쓰인 독극물의 정체를 알 수 있을 테니 법의학서 등을 면밀히 살펴보라고도 했다. 율은 주상의 설명을 머릿속에 새겨 넣고는 물러 나왔다.

주상이 병석에서 일어난 것이 율은 너무나 반가웠다. 그동안 의심을 가지고 조심스럽게 알아보고 있던 일이 주상을 통해 확인된 것도 고마운 일이었다. 물론 이 일로 인해 조정에는 한바탕 태풍이 휘몰아칠 것이다. 하지만 율은 그 태풍이 두렵지만은 않았다. 태풍을 헤쳐 나가지 않고서는 환한 내일을 맞이할 수 없기에, 그 험한 고비를 넘어야만 평탄한 평지를 걸을 수 있기에.

주상을 만나고 나와 규장각으로 가는 길에서 율은 건휘에게 어명을 전했다. 건휘가 발걸음을 멈추고 조심스럽게 말했다.

"전하께서 은밀히 추진하라 하셨는데 규장각에서 법의

학서를 살펴보시면 역당들에게 얘기가 들어갈 수도 있지 않겠습니까?"

율은 금방 수긍했다.

"내 생각이 짧았네. 그럼 일단 은진재로 가 보세. 책비나 인에게 물어볼 게 있네."

예전에 한성세책방을 둘러볼 때 앵도가 《증수무원록》에 살인 사건이나 독극물에 관한 내용이 있다고 한 게 생각났기 때문이었다. 또 앵도가 그 부류의 다른 책을 더 알고 있는지도 궁금했다.

은진재에 도착하니 앵도는 옷소매까지 걷어붙인 채 부지런히 일하고 있었다. 율은 안으로 들어가려다가 우뚝 멈추고 그 모습을 잠시 바라보았다. 앵도는 구겨진 책들을 다리미를 눌러 한 장 한 장 반듯이 펴고, 낡고 찢긴 곳은 뒤에 종이를 대서 풀로 말끔히 붙였다. 끈이 끊어진 책은 종이 노끈을 꿰어 다시 묶기도 하고, 표지에 묻은 얼룩을 물수건으로 꼼꼼히 닦아 내기도 했다. 한눈팔지 않고 열심히 일하는 모습이 참 보기 좋았다.

앵도가 허리를 쭉 펴다가 율을 알아보고 깜짝 놀라 인사했다.

"세자 저하! 오신 줄 미처 몰랐사옵니다."

율은 헛기침을 하며 대답했다.

"농땡이나 부리지 않을까 했는데 제법 열심히 일하는구나. 공주는 오늘 은진재에 아니 왔더냐?"

"오늘은 소인이 공주전에 가서 책을 읽어 드리고 왔습니다."

"그래? 무슨 책을 읽었느냐?"

"《최척전*》을 읽었습니다."

"《최척전》! 옥영이라는 주인공이 아주 용감하고 진취적이지. 참, 나한테 있는 《광통교 연가》 뒤표지에는 '책비 앵도'라는 서명이 없고 '호연당당'이라고 적혀 있더구나? 네 필체와 똑같던데 이상도 하지."

앵도는 움찔했지만 이내 대수롭지 않은 듯 대답했다.

"더러 필체가 비슷한 사람들이 있지요. 하온데 저번에는 경황이 없어 제대로 말씀드리지 못했는데 운종가에서 참으로 황송했습니다. 저 때문에 세자 저하께서 험한 일을 당하실 뻔……."

"됐다. 그때 이미 말하지 않았느냐. 그나저나 여기 의서는 어디 있느냐?"

창가 쪽을 가리키며 앵도가 말했다.

---

* 최척전: 조선 인조 때 조위한이 지은 소설. 일부일처의 건전한 사랑을 내용으로 한 작품.

"창가 맨 끝 서가에 있습니다. 무슨 책인지 알려 주시면 찾아 드리겠습니다."

"직접 찾아보겠다. 할 일이나 하거라."

"예, 저하. 물러가옵니다."

앵도가 말한 서가로 가니 맨 위에 《증수무원록》이 있었다. 앵도가 조금 전 보고서 올려놓았던 것이다. 율은 얼른 책을 들춰 보았다.

'이 책에 독극물에 대한 내용이 있다고 했는데?'

책 중간쯤 아랫부분이 살짝 접혀 있어 펼쳐 보니 두부를 만들 때 응고제로 쓰이는 간수에 대한 내용이 있었다.

'간수를 음독하면 입이 짜서 목이 마르며'라는 대목에서 율은 등골이 서늘해졌다.

'아바마마의 증상과 일치한다. 비상이나 부자만 사람을 죽일 수 있는 독이라 여겼는데 간수도 독극물이었구나. 조금씩 오래 먹으면 서서히 사람을 죽음에 이르게 할 수 있다니, 아바마마께서 매일 올라오는 탕약을 거부하지 않으셨으면 어쩔 뻔했나.'

율은 앵도를 불렀다. 맞은편 서가를 정리하고 있던 앵도가 종종걸음으로 왔다. 율이 《증수무원록》을 손에 든 채 물었다.

"혹시 이런 책, 독극물에 대한 내용이 있는 책을 더 알고 있느냐? 세책방에서 만났을 때 이 책을 오 나인이 알고 있던 게 기억났다."

앵도는 오싹했다.

'저하께서 왜 법의학서를 찾으시지? 내가 찔레 언니 죽음을 파헤치고 있는 것을 아셨나? 아니면 한성세책방에서 이런 책을 몰래 사 온 걸 아신 걸까? 책을 처소에 숨겨 둘걸. 은진재로 가져오는 게 아니었는데…….'

하지만 세자가 어떤 책을 찾든 그 까닭을 감히 물어볼 수는 없었다.

'찔레 언니 죽음에 대해 저하께 말씀드릴 기회인지도 몰라.'

앵도는 최악의 상황을 각오하고 차분히 대답했다.

"예, 소인도 기억이 납니다. 이런 류의 책으로는 청나라 의서인 《변증록》, 원나라 법의학서인 《무원록》과 조선 책인 《신주무원록》이 있고 범죄 판례집인 《심리록》에도 독극물 관련 내용이 있습니다."

"그 책들에는 어떤 독극물에 대해 나와 있느냐? 은진재에도 그 책들이 있느냐?"

앵도는 《변증록》과 《심리록》을 가져와 일부러 '간수'에 대한 설명이 나오는 부분을 펼쳐 보였다.

"수은, 비상, 천남성을 비롯해 이 부분에는 간수에 대한 설명이 있습니다."

율은 내심 놀랐다. 간수에 대해 더 알고 싶었는데, 앵도가 하필 간수 관련 대목을 보여 줬기 때문이다. 율은 바짝 긴장한 채 글을 다 읽고는 한숨을 내쉬었다.

'역당들이 아바마마에게 사용한 독극물이 간수가 맞는 것 같구나. 동궁전으로 가져가서 좀 더 자세히 봐야겠어.'

율은 《변증록》과 《심리록》, 《증수무원록》을 챙겨 들고 앵도에게 말했다.

"이 책들은 내가 가져가겠다. 그런데 은진재에 이런 법의학서가 있다는 게 뜻밖이구나. 《향약집성방*》이나 《동의보감**》이면 몰라도 어마마마께서 이런 책을 보셨을 리만무인데⋯⋯. 책비나인이 이런 책을 많이 아는 것도 의외고."

앵도는 지금이 바로 그 기회라고 생각했다. 찔레의 죽음에 대해 세자에게 의문을 제기하고, 비밀을 밝힐 수 있는 기회⋯⋯. 그래서 용기를 내서 또박또박 말했다.

"세책방에서 일할 때 법의학서를 주로 찾는 단골 선비가

---

* 향약집성방: 조선 세종 때에 왕명에 따라 여러 의서를 참고하여 펴낸 책으로 성종 때에 부분적으로 한글 번역본이 나왔고, 인조 때에 다시 펴냈다.
** 동의보감: 조선 선조 때에 허준이 왕명에 따라 편찬을 시작해 광해군 때에 완성한 의서.

있었는데 책이 귀해 필사를 해 주다 보니 저절로 알게 되었습니다. 은진재에는 본디 이 책들이 없었고, 운종가에서 저하를 뵈었던 날 사 온 것입니다."

은진재에 법의학서가 있는 까닭은 정직하게 고했지만 이런 책을 어째서 잘 아는지는 거짓말을 보탤 수밖에 없었다. 율이 놀라 물었다.

"그날에? 공주가 부탁한 책을 사러 나왔다고 하지 않았더냐?"

"예, 공주마마가 말씀하신 책도 있지만 법의학서도 사 왔습니다."

"무슨 일로 법의학서를 사 왔느냐?"

"사연이 있는데 말씀드려도 되올지요?"

"말하거라."

심상찮은 낌새를 느낀 율은 고개를 끄덕였다. 앵도는 침착하게 말을 이었다.

"실은 공주마마의 첫 번째 책비나인과 관련이 있습니다. 손 나인이 죽어서 출궁된 것을 저하께서도 알고 계신지요?"

"알고 있다만 그 일이 법의학서와 무슨 상관이냐."

"손 나인은 평소 건강했던 사람이라 급환으로 죽어서 출궁 당한 것에 소인은 의문을 갖고 있었습니다. 하온데 손 나인이 쓰던 처소 옷장에 날카로운 것으로 긁힌 흔적이 있고 다른 나인들한테서도 이상한 이야기들을 들었습니다. 그래서 병중을 확인하려고 한성세책방에서 법의학서를 사 왔는데 책을 읽어 보니 간수를 먹었을 때의 병중과 손 나인 의 병중이 일치했습니다. 함부로 예단할 수는 없으나 누군 가 간수로 독살하려 하지 않았나 의심이 가옵니다. 손 나인 은 절대 스스로 목숨을 끊을 사람이 아닙니다. 간곡히 청하 옵건대 손 나인 죽음의 진실을 밝혀 주십시오."

'간수'라는 말에 율은 신경이 곤두섰다. 그러나 앵도의 간청을 선뜻 받아 들일 수는 없었다.

"누구든 급환으로 죽을 수 있는 법이다. 궁녀의 일은 내 소관도 아니고."

"그 점은 저도 알고 있습니다. 하오나 감히 아뢰건대 미 심쩍은 죽음이 있다면 그 진실을 밝히는 것이 산 자의 도리 일 것입니다. 저하께서는 만백성의 어버이가 될 분이 아니 신지요. 한강 백사장의 모래알만 한 미천한 백성일지라도 그 죽음을 헛되이 여기지 않는 성군이 되셔야 하지 않겠습 니까. 부디 진실을 밝혀 주소서."

율은 말문이 막혔다.

'억울한 죽음이 있다면 진실을 밝히는 것이 산 자의 도 리다.'

주상에게서 들은 것과 비슷한 말을 앵도에게서 듣게 되다니……. 게다가 한강 백사장의 모래알만 한 미천한 백성일지라도 그 죽음을 헛되이 여기지 않는 성군이 되셔야 하지 않겠느냐니…….

일개 궁녀가 감히 세자에게 할 수 없는 방자한 말이었지만 이 말은 율의 가슴을 쿡 찌르고 말았다.

은진재를 나서려던 율은 도로 서탁 앞에 앉아 앵도로부터 자세한 이야기를 들었다. 찔레가 출궁 당하기 직전 처소에 남겨진 흔적들, 나인들로부터 들은 수상쩍은 이야기들, 감찰상궁이 노여워한 일 등등을…….

중대한 증언

가슴에 바윗덩이를 얹은 듯 무겁고 답답한 날들이 흘러 갔다. 찔레의 미심쩍은 죽음의 진실을 밝혀 달라 했지만 율은 그 후 은진재에 들르지 않았다. 동궁전으로 찾아가 볼까 생각도 했지만 앵도는 조금 더 기다려 보기로 했다.

공주에게 책을 읽어 주고, 대비전에 불려가 책 동무가 돼주고, 은진재 서가를 정리하거나 청소하는, 그날이 그날 같은 하루하루가 흘러갔다. 길게 내다보고 가자고 마음먹었지만 앵도는 초조해지고 갑갑해졌다.

'이렇게 책비나인으로 어영부영 살다가 늙어 대궐 귀신

이 되고 마는 걸까? 이러려고 궁녀가 된 게 아닌데. 세자 저하도 너무하셔. 찔레 언니 얘기를 그리도 자세히 듣고 아무 얘기도 없으시니. 미천한 궁녀의 흔한 죽음으로 치부하신 걸까?'

괜히 궁에 들어왔나 후회도 되었다. 하지만 이미 벌어진 일을 후회하는 것은 아무 의미가 없지 않은가.

'지금 이 상황에서 최선을 다하는 게 중요해. 뭐라도 더 알아보자.'

애써 마음을 추스르는데 공주 옷을 전담한다는 최 나인이 생각났다. 수방에 갔을 때 찔레와 중궁전 얘기를 하다가 감찰상궁이 나타나면서 입을 다물었던 나인 말이다.

'단서라고는 거기밖에 없어. 그 나인을 한번 만나나 보자.'

마침 지난번에 재미난 소설책 좀 빌려 달라고 했기에 앵도는 자신이 가지고 있던 《광통교 연가》와 《운영전*》을 골라 들고 수방으로 갔다.

수방에서는 여러 나인들이 수를 놓고 있었지만 최 나인은 없었다. 할 수 없이 은진재로 돌아가는데 뒤에서 부르는

---

* 운영전: 안평 대군의 옛집에 놀러 간 유영이라는 선비가 꿈속에서 궁녀 운영과 연인 김 진사를 만난 것에 빗대어 궁녀들의 번민과 사랑을 그린 한문 소설.

소리가 들렸다. 돌아보니 최 나인이었다.

"어머, 여기서 만나네요. 최씨 항아님 만나러 수방에 갔다가 안 계셔서 허탕을 치고 오는 길인데. 저번에 소설책 빌려 달라고 하셨잖아요. 이거……."

앵도가 소설책을 건네자 최 나인이 반색했다.

"와, 이 책들 너무 읽고 싶었던 건데. 고마워요. 얼른 읽고 돌려줄게요. 이 책 빌려주려고 수방에 왔던 거예요?"

앵도는 머뭇거리다가 솔직히 털어놓았다.

"예, 그렇기도 하고……. 사실은…… 책도 전하고, 지난번에 손씨 항아님 얘기할 때 중궁전까지 말씀하시곤 감찰 상궁 마마님 오시는 바람에 멈추셨잖아요. 혹시 그 얘기 더 들을 수 있나 해서 갔었어요."

최 나인이 시치미를 뚝 뗐다.

"중궁전이요? 저, 그런 소리 한 적 없는데요."

"하셨어요. 똑똑히 들었어요."

"안 했다니까요."

"누구든 죽음에 의문은 없어야지 않겠어요? 일개 궁녀든, 권세 높은 벼슬아치든……. 부탁이에요. 찔레 언니가 갑자기 죽은 게 이상해요. 아는 대로 좀 말해 주세요."

"왜 꼬치꼬치 캐묻고, 하지도 않은 얘기를 했다고 해요? 사람 찜 쪄 먹겠네."

앵도가 거듭 졸라 대자 최 나인은 붉으락푸르락한 얼굴로 《광통교 연가》와 《운영전》을 팽개치고는 쌩하니 가 버렸다. 앵도는 땅바닥에 떨어진 책을 주워 들고 터덜터덜 은진재로 향했다. 최 나인이 하도 완강히 부인하니 잘못 들었나 싶기도 했다.

은진재로 최 나인이 찾아온 것은 이튿날이었다. 가을비가 주룩주룩 내려 마음까지 쓸쓸해지는 오후, 대비에게 책을 읽어 주고 와서 잠시 쉬고 있을 때였다. 발소리도 안 내며 어찌나 조심조심 왔던지 최 나인이 나타났을 때 앵도는 화들짝했다.

"최씨 항아님, 여기까지 무슨 일이세요?"

최 나인이 주위를 흘깃거리며 말했다.

"어제 나쁘게 굴었던 게 마음에 걸려서요. 지금 여기 누구 더 있어요?"

"저 말고는 없어요. 각심이도 조금 전에 심부름 보냈어요."

앵도가 대답하자 최 나인이 안심한 표정으로 말을 이었다.

"그럼 얼른 얘기하고 갈게요. 사실 손씨 항아님과는 친하게 지냈어요. 우리처럼 어릴 때 대궐에 온 게 아니라서 입궁한 후 외로워했는데 손씨 항아님은 수놓는 것을, 저는 책 읽는 것을 좋아하는 데다 동갑이라서 가까워지게 됐답니다."

앵도는 바짝 긴장해 침을 꼴깍 삼켰다. 최 나인이 한숨을 내쉬고는 말을 이었다.

"하루는 항아님을 만났는데 근심이 가득해 보이지 뭐예요. 늘 씩씩했던 사람이라 걱정이 돼서 얼굴이 왜 그러느냐, 어디 갔다 오느냐고 물었지요. 그랬더니 공주마마 심부름으로 중궁전에 갔다 오는 길이라고만 하더라고요. 그런데 이튿날에 손씨 항아님이 죽어 나갔다는 거예요. 얼마나 놀랐겠어요, 제가."

"바로 다음 날에요?"

"예, 너무 갑작스러워서 무섭고 슬펐어요."

"더 해 주실 얘기는 없으세요?"

"그것뿐이에요. 근데 제가 이런 얘기 한 거 아무한테도 말하심 안 돼요. 저도 두 분이 친자매처럼 지냈다고 들어서 얘기해 주는 거니까요. 사실 중궁전 다녀온 거랑 손씨 항아님이 죽어 나간 거랑 무슨 상관이겠어요."

"그렇겠죠."

"그래서 말인데, 어제 그 책들 다시 빌려주심 안 돼요? 너무 읽고 싶던 책이라서……. 특히 《광통교 연가》는 그렇게 유명한데 아직 못 읽어 봤어요."

"잠깐 기다리세요."

앵도는 급히 처소에서 《광통교 연가》와 《운영전》을 갖고 와 건넸다.

"어제 내팽개치고 가서 얼마나 후회했는지 몰라요. 잘 읽고 금방 돌려줄게요."

언제 심각했냐는 듯 최 나인이 신나하면서 책을 갖고 돌아갔다.

'책을 빌리고 싶어 다시 온 거구나. 근데 중궁전에 다녀온 뒤 언니가 죽었다니, 중궁전에 심부름을 갔다가 무슨 비밀을 엿듣기라도 한 걸까? 그래서 중전마마가 언니를……? 아니면 언니 얼굴이 무척 어두웠다는데 그때 자결을 결심했던 걸까? 세책방에 왔을 때도 궁살이가 답답하고 외롭다고 했었잖아. 원래 궁녀가 되는 것도 내켜하지 않았고. 그렇대도 언니가 무슨 수로 간수를 구해? 언니 병중이 간수를 먹었을 때랑 똑같았는데. 최 나인도 언니가 자살할 사람은 아니라고 했어…….'

오만가지 생각이 머릿속을 어지럽히는데, 마침 심부름 갔던 곱분이가 돌아왔다. 문득 한 가지 궁금증이 머리를 스쳤다. 앵도는 곱분이에게 물었다.

"곱분아, 내가 입궁하기 전에 책비나인으로 일했던 손씨 항아님 알지?"

192

곱분이가 눈을 동그랗게 떴다.

"갑자기 죽어서 출궁되신……. 근데 왜요?"

열세 살 곱분이는 다른 나인의 각심이를 하다가 와서 대궐 사정이나 궁녀들에 대해서도 잘 알았다.

"손씨 항아님한테도 각심이가 있었을 거 아냐. 그 각심이가 지금도 궁에 있나 해서."

"네, 말자라는 각심이가 있었는데 손씨 항아님 죽어 나간 후에 스스로 나갔다고 들었어요."

"스스로 나갔다고?"

"궁살이가 힘들다며 나갔다 하더라고요. 찢어지게 가난한 집 아이였다던데."

이상하다는 생각이 들었다. 상궁이나 나인이 부리는 각심이들은 궁에서 먹고 자며 붙박이로 일하기도 하지만, 곱분이처럼 매일 집에도 다녀올 수 있고 결혼도 할 수 있어 오랫동안 일하는 게 보통이었다. 그런데 말자라는 각심이는 찔레가 죽어 나간 후 그만두었다니 이상했다. 가난한 집 아이라면 어떻게든 궁에 붙어 있으려고 했을 텐데. 앵도는 율이 은진재에 오면 말자라는 각심이 이야기도 하면서 찔레의 일이 얼마나 진척됐는지 물어봐야겠다고 생각했다.

❈

백로˙를 지나자 대궐엔 가을빛이 조금씩 스미기 시작했다. 하늘은 높고 말은 살찌며 울긋불긋 단풍이 드는 아름다운 계절이 온 것이다. 하지만 앵도는 간밤 늦게까지 잠을 이루지 못했다. 부모님과 형제들이 부쩍 그리운 데다 찔레 일까지 생각하느라 머릿속이 복잡했다. 입맛이 없어 곱분이가 차려 준 아침도 대충대충 먹었다. 공주에게 책을 읽어 주는 것은 오후로 잡혀 있어 그때까지는 공주가 부탁한 〈규중칠우쟁론기〉 필사를 할 생각이었다.

그런데 규장각에서 전갈이 왔다. 금서로 지정된 책들을 은진재에서 한 권도 빠짐없이 없애라는 것이었다. 청나라 주린이라는 사람이 쓴 야사인 《명기집략》, 《강감회찬》, 《봉주강감》 등이었다. 이 책들에 조선 태조 대왕이 고려 말의 권신 이인임의 아들이라는 어이없는 내용이 있을 뿐 아니라 선조 임금이 주색에 빠져 국방을 소홀히 했고, 인조 임금은 왕위를 찬탈했다는 주장이 포함되어 있다고 했다. 조선 왕실의 명예와 권위를 훼손하고 모독하는 내용이었다. 이에 주린의 책을 사고팔고 빌리고 빌려주는 것은 물론, 개인적으로 지니거나 읽는 것까지 금했던 것이다.

이미 궐내각사를 비롯한 대궐 내 모든 곳에도 같은 지시

˙ 백로: 이십사절기의 하나. 9월 8일경.

가 하달돼 금서들을 모조리 끄집어내 불태우고 있다고 했다. 대소 신료들뿐만 아니라 궁인들이 개인적으로 소장하는 책들도 모두 없애야 했다.

전갈을 받고 부랴부랴 은진재의 서가를 뒤졌지만 금서로 지정된 책들은 보이지 않았다. 앵도는 공주와 책을 읽고 난 뒤에 다시 서가를 꼼꼼하게 살펴봐야겠다고 생각했다.

어느새 공주와 약속한 시간이 되었다. 공주는 앵도를 보자마자 부산스럽게 말했다.

"앵도야, 세책방들이 발칵 뒤집혔다는 소식 들었니?"

앵도는 깜짝 놀라면서도 필시 금서와 관련된 일일 거라 짐작했다.

"소식은 듣지 못했습니다만 금서와 관련된 것인지요? 금서로 지정된 책들을 은진재에서도 모두 없애라는 명을 받았사옵니다. 앞으로는 금서들을 읽어서도 지녀서도 안 된다고 합니다."

"맞아. 청나라 사람이 쓴 불온한 책들을 역관들이 들여와 책쾌들이 유통시키고 있다니 보통 일이 아니지. 그래서 세책가를 뒤지고 있다는 게야."

"조선 왕실을 모독하는 책들은 금서가 돼야 마땅합니다."

"그럼! 은진재에도 금서가 있는지 잘 살피려무나."

"예, 그리하겠습니다."

앵도는 한성세책방이 걱정됐다. 조 책쾌는 만사 철저하고 원칙을 중시하니 금서로 인해 문제가 될 리는 없겠다 싶으면서도, 워낙 발이 넓기에 자칫 소용돌이에 휘말리면 어쩌나 하는 생각 때문이었다.

곧 공주와 앵도는 마주 앉아 책을 읽기 시작했다. 180권 180책이나 되는 조선에서 가장 긴 소설이자, 반가 여성들 사이에서 크게 유행하고 있는 《완월회맹연*》 1권을 오늘부터 읽기로 한 것이다.

◈

은진재에서는 금서가 나오지 않았고 세책방에 대한 소식도 더는 들리지 않았다.

그렇게 며칠이 지나 추석을 보름쯤 앞둔 때였다. 은진재 안팎은 가을 내음으로 가득했다. 따사로운 가을 햇살이 실내로 환히 비쳐 들고 꽃밭에는 백일홍, 천일홍, 색비름 같은 가을꽃들이 달콤한 향기를 내뿜었다.

---

* 완월회맹연: 중국 명나라를 배경으로 4대에 걸친 많은 인물이 등장하며 이들의 생활과 갈등을 통하여 충효를 강조한 국문 장편 소설이다.

간밤에 꿈자리가 어지러웠던 데다 새벽부터 스산한 가을비가 내린 탓인지 앵도는 아침부터 머리가 아프고 마음도 쓸쓸했다. 그래도 하루의 시작을 궂은 마음으로 열 수는 없어 머리도 공들여 단장하고 치마저고리도 가장 말끔한 것으로 갈아입었다. 그러고 나니 한결 마음이 개운해져, 며칠 동안 공주와 함께 읽었던 《완월회맹연》 1권을 훑어보고 오늘 읽을 2권도 예습했다. 워낙 방대한 책이라 앞 권을 복습하고 뒷 권을 예습해 내용을 충분히 알고 있어야 책을 잘 읽을 수 있는 까닭이었다.

그런데 열심히 필사했던 〈규중칠우쟁론기〉가 아무리 찾아도 보이지 않았다. 필사를 다 마치고 서재의 원탁 위에 놔두었는데……. 그러고 보니 며칠 전부터 보이지 않은 것 같았다.

'공주마마께서 오늘 가져간다고 하셨는데 큰일이네. 혹시 곱분이가 치웠나?'

곱분이를 불러 물어봐야겠다고 생각하는 찰나였다. 소란스러운 소리가 나더니 약침 주머니를 찬 의녀들이 우르르 몰려들어 다짜고짜 앵도의 머리채를 휘어잡고 팔을 비틀었다. 내의원 의녀대*였다. 뒤에는 내관들도 있었다.

* 의녀대: 내의원 소속 내의녀들의 무리.

197

"왜, 왜 이러십니까?"

앵도가 깜짝 놀라 외쳤지만 의녀대는 아랑곳 않고 굵은 오랏줄로 몸을 꽁꽁 묶었다. 때마침 율이 건휘를 대동한 채 은진재로 들어왔다. 찔레와 관련한 이야기를 나누러 온 것이었다. 율은 눈을 휘둥그레 뜨고 의녀대 앞을 가로막았다.

"무슨 일인가!"

의녀대 뒤쪽에서 내관이 나오더니 고개를 조아린 채 아뢰었다.

"세자 저하! 내수사 내관이옵니다. 오 나인이 큰 죄를 지어 내수사*로 데려가고자 합니다."

앵도는 머릿속이 하얘졌다. 정체가 탄로 난 것 같았다.

일반인의 범죄는 형조나 의금부에서 다스리지만 궁녀가 죄를 지으면 가벼운 죄는 각 처소의 감찰상궁들이 처리하되, 큰 사건은 내사옥에 가둬 조사하고 처벌했다. 또한 이럴 경우 궁녀를 체포하는 일은 내의원 의녀대가 담당했다. 율이 놀라 되물었다.

"큰 죄라니? 소상히 고하게!"

내수사 내관이 대답했다.

---

* 내수사: 왕실 재정의 관리를 맡아보던 관아. 궁중에서 쓰는 쌀, 베, 잡물, 노비 따위에 관한 일을 맡았다. 내수사에는 내사옥이라는 감옥을 두었다.

"오 나인이 대역 죄인 윤공회의 여식임이 드러났사옵니다."

"뭐라! 무슨 소리인가!"

"한성세책방 조 책쾌가 금서를 유통시켰다는 제보를 받아 수색하는 과정에서 오 나인의 일기장인《설영록》을 발견하였습니다. 거기에 대역 죄인 윤공회와 윤씨 집안에 대한 일이 소상히 적혀 있었사옵니다."

"윤공회의 여식은 자결해서 세상에 없네."

율이 고개를 젓자, 내관이 다시 말했다.

"윤공회의 여식 윤설영은 자결을 가장하여 오앵도라는 책비로 신분을 바꾸었습니다. 이러한 내용이 모두《설영록》에 적혀 있습니다. 속히 내수사로 데려가 나인이 된 경위, 죄인을 도운 공범 등에 대해 심문하려 하니 길을 터 주옵소서."

율은 앵도를 보았다. 오랏줄에 묶인 앵도는 결연한 눈빛으로 침묵하고 있었다.

'저 성격에, 사실이 아니라면 아니라고 할 텐데…….'

"《설영록》이 오 나인의 일기라는 걸 어찌 확신하는가?"

율이 되묻자 내관이 냉큼 대답했다.

"《설영록》의 필체와 오 나인이 입궁 후 필사했던 책의 필체, 책비 시절의 필체가 일치하옵니다. 최근 오 나인이 은

199

진재에서 필사한 〈규중칠우쟁론기〉와 책비 시절 '책비 앵도'라는 서명이 적힌 필사본 등을 입수하여 대조해 보았습니다."

'내수사에서 〈규중칠우쟁론기〉 필사본을 가져간 거로구나.'

앵도는 두려움보다는 아버지와 찔레의 일을 파헤쳐 보지도 못한 채 정체가 탄로 나고 말았다는 사실이 안타까웠다.

'아직 아무것도 못 했는데 발각되다니······.'

이쯤 되니 율은 앵도에게 직접 물을 수밖에 없었다.

"오 나인은 답하라. 내관의 말이 사실인가?"

앵도는 담담한 눈빛으로 대답했다.

"그렇습니다. 돌아가신 예조 판서 대감이 소인의 아버지입니다. 하오나 하늘을 걸고 맹세하건대, 제 아버지는 대역 죄인이 아니고 억울하게 누명을 쓴 것뿐입니다."

내수사 내관이 길길이 날뛰며 소리쳤다.

"어디서 함부로 입을 놀리느냐! 네 아비가 대역 죄인이라는 사실은 명명백백히 밝혀졌다!"

율이 내관을 제지하고는 앵도에게 다시 물었다.

"한성세책방에서 나온 《설영록》도 오 나인 것이 맞는가?"

앵도는 또박또박 대답했다.

"맞사옵니다. 대궐에는 가져올 수 없었기에 한성세책방에 두고 왔습니다."

율은 만감이 교차했다.

'앵도가 윤공회 예판 대감의 여식이었다니. 어찌 이런 일이…….'

머릿속에 지난 일들이 주마등처럼 스치고 지나갔다. 이제 와 생각하니 그 모든 게 다 윤공회의 여식이라는 증거였다. 저잣거리 세책방 책비가 지나치게 당차고 총명했던 것도, 분야 불문하고 두루두루 박학다식했던 것도, 법의학서에 훤했던 것까지도……. 율은 혼란스러웠다.

'정체를 속이고 궁에까지 들어오다니. 호랑이 굴에 스스로 들어온 격인데 용감하다고 해야 하나, 무모하다고 해야 하나. 부친의 무고함을 밝히려고 일부러 궁녀가 된 것일까.'

율은 길을 터 줄 수밖에 없었고, 의녀대와 내관들은 앵도를 포위한 채 이동하기 시작했다. 오랏줄에 묶여 끌려가는 앵도의 뒷모습을 보고 있으려니 율은 가슴이 아려 왔다. 멸문지화를 당하고, 대역 죄인의 딸이 되고, 부모 형제를 잃고, 신분을 바꾸어 미천한 책비로 살아왔을 그 나날들……. 앵도, 아니 설영의 그날들이 마치 자기 일처럼 느껴지며 심장이 아파 왔다. 율은 앵도를 끌고 가는 의녀대와 내관들을 향해 소리쳤다.

"잠깐! 주상께서도 이 일을 알고 계시는가?"

내관이 뒤돌아보며 대답했다.

"예, 전하께서는 죄인의 신병을 확보하되, 고신*은 섣불리 진행하지 말고 일단 평문**만 하라 하시었습니다."

"알겠네."

율은 급히 대비전으로 향했다. 소식을 모르고 있던 대비는 율의 얘기를 듣자마자 얼굴이 창백해졌다.

"세상에나, 대역 죄인의 여식인 걸 모르고 책비나인으로 들였다니. 이 일을 어찌하누. 세자와 공주가 고초를 겪지나 않을까 걱정입니다."

"할마마마, 너무 심려 마십시오. 감쪽같이 정체를 속였으니 할마마마께서 아실 턱이 있었습니까. 아바마마께 논의드려 잘 처리하겠습니다. 분명 방도가 있을 것이옵니다."

"공주도 할미도 그 아이를 어여삐 여겼으니 더더욱 큰일이 아닙니까?"

"걱정 마시고 조금 기다려 주옵소서."

율은 대비를 진정시킨 후 대전으로 향했다. 율을 본 주

---

* 고신: 숨기고 있는 사실을 강제로 알아내기 위하여 육체적 고통을 주며 신문함.
** 평문: 형구를 쓰지 않고 죄인을 신문하던 일.

상이 먼저 입을 열었다.

"마침 부르려 했는데 잘 왔다. 윤 예판 여식이 공주의 책비나인으로 궁에 들어와 있었다니 얼마나 놀랐는지……."

"아바마마, 《설영록》이라는 일기장에 어떤 내용이 있는지도 아시옵니까?"

"방금 《설영록》을 샅샅이 읽어 보았다. 멸문지화를 당한 뒤, 우 대감과 조 책쾌라는 자의 도움으로 신분을 바꿔치기 했다는 것까지 낱낱이 기록돼 있더구나."

"우 대감이라면 홍문관 대제학 말입니까?"

"그래. 대제학도 이미 추포*되었다. 서두르지 않으면 그 아이도, 대제학도 다 죽게 생겼다. 무엇보다 세자 자리가 위태롭다. 대비마마, 공주와 짜고 역모를 저지른 자의 여식을 입궁시켰고 세자가 그 아이와 각별한 사이였다는 소문까지 돌고 있으니……."

주상의 말을 듣고 율은 충격을 받았다. 사실 홍문관 대제학 우찬식 대감은 좌익위 건휘, 그리고 몇몇 충직한 대신들과 더불어 율과 비밀 조직인 '명진회'를 꾸려 가고 있는 인물이었다. '명명백백한 진실을 밝히는 모임'이라는 뜻의 명진회는 주상이 역모 후 자리보전을 하는 바람에 율이 대

•　추포: 뒤쫓아가 잡히다.

리청정을 하게 된 때부터 만들어졌다. 지난 역모의 배후를 밝히고 세자의 자리를 굳건히 하기 위한 모임이었는데 주상은 그 존재를 몰랐다. 그래서 주상으로부터 역모의 진실을 파헤치라는 어명을 받았을 때 명진회 회원들과 회동해 숱한 논의를 했건만, 어찌해서 대제학은 앵도가 윤공회의 여식이라는 점을 알리지 않았던 것일까. 그러나 이미 우 대감은 추포되어 그 까닭을 물어볼 수 없는 터. 율은 주상에게 명진회 및 대제학에 대한 일을 아뢴 뒤 대전을 나왔다.

이튿날, 대궐 추국장*엔 앵도를 비롯, 홍문관 대제학 우찬식과 조 책쾌가 오랏줄로 칭칭 묶인 채 의자에 앉혀져 있었다. 대제학과 조 책쾌는 온몸이 상처투성이 피투성이였다. 앵도도 산발한 채 초췌한 몰골이었지만 눈빛만은 형형했다. 율을 대동하고 추국장에 온 주상은 대제학과 조 책쾌를 심문한 데 이어 앵도에게 말했다.

"죄인 윤가는 고개를 들라. 윤공회의 여식임이 사실이렷다!"

---

* 추국장: 의금부에서 임금의 특명에 따라 중한 죄인을 심문하던 장소.

앵도는 또박또박 대답했다.

"예, 전하. 사실이옵니다."

"대역 죄인의 여식임을 숨기고 입궁한 죄가 크다는 걸 알고 있는가?"

앵도는 울컥했지만 한 마디 한 마디 힘주어 소리쳤다.

"전하, 통촉해 주시옵소서. 하늘에 맹세컨대 소인의 아버지는 대역 죄인이 아닙니다. 억울하게 누명을 쓴 것이옵니다. 소인 또한 책비나인 자격이 되어 시험을 치르고 입궁했을 뿐 아무 죄가 없습니다."

한성판윤 송재익이 나서서 파르르 화를 내며 소리쳤다.

"발칙한 년 같으니라고! 어디서 감히 혀를 나불거리느냐! 전하! 대역 죄인의 여식은 국문을 하는 것도 아깝습니다. 역당들과 함께 당장 죽여 마땅합니다."

쭉 늘어선 대신들 중 몇몇도 말을 보탰다.

"대역 죄인의 여식이 책비나인으로 입궁하였으니 종묘 사직과 조정을 능멸한 죄가 크옵니다."

"전하! 당장 사약을 내리소서. 그러지 않으면 조정이 혼란스러워질 것입니다!"

"역적의 딸을 도운 홍문관 대제학과 조 책쾌를 능지처참하소서!"

주상은 대신들을 하나하나 쏘아보았다. 하지만 더는 왈

가왈부하지 않고 자리에서 일어나며 말했다.

"대신들의 의견은 잘 알겠노라. 다만 과인이 좀 더 살펴봐야 할 것이 있으므로 오늘은 이것으로 마치고 내일 다시 이어 가겠다."

주상이 율과 함께 추국장을 나서려는데 조 책쾌가 소리쳤다.

"주상 전하! 한 말씀만 올릴 수 있게 허락하여 주시옵소서!"

주상과 율은 동시에 뒤를 돌아보았다. 조 책쾌가 내처 외쳤다.

"전하! 한성세책방 목련 서고 마룻장을 뜯어《면앙록》이라는 비망록을 찾아 주시옵소서! 윤공회 예판 대감의 일기장으로, 3년 전 역모에 대한 진실이 낱낱이 기록돼 있습니다. 예판 대감이 소인에게 맡긴 것입니다. 부디《면앙록》을 살펴보신 후 잘잘못을 따져 주소서."

주상이 근엄한 얼굴로 물었다.

"윤공회의 비망록이 있다고? 한 치의 거짓도 없으렷다?"

"예, 전하께 어찌 거짓을 고하겠나이까."

조 책쾌가 고개를 쳐든 채 울부짖었다.

피바람 자욱한

율이 건휘를 비롯한 무관들을 거느리고 한성세책방에 도착했을 때, 그곳은 피비린내 나는 아수라장이었다. 문짝은 박살이 난 채 떨어져 나갔고 책비 서넛이 칼에 베여 피를 흘리며 죽어 있었다. 목련 서고 마룻장도 이미 뜯기고 《면앙록》은 온데간데없었다. 조 책쾌가 한성세책방에 윤예판의 비망록이 있다 하자, 어명을 받들어 율이 손수 찾으러 온 것이었다. 중차대한 사안인 만큼 주상이 세자에게 직접 가져오라 했으니 누구도 거역할 수 없었다.

율이 분개한 표정으로 말했다.

"한발 늦었구나. 추국장에 있던 대신이 벌인 짓이 분명하다."

"조 책쾌 얘기를 듣고 부랴부랴 자객을 보냈겠지요."

그때 뒤뜰 장독대에서 훌쩍이는 소리가 들렸다. 건휘가 다가가 장검을 휙 뽑아든 찰나, 어린 책비가 울음을 터뜨리며 커다란 항아리 뒤에서 뛰쳐나왔다. 견습 책비 보리였다.

"살려 주세요, 살려 주세요."

보리가 두 손을 비비며 울부짖었다. 건휘가 보리를 안심시켰다.

"해치지 않으마. 너는 어찌해서 살아 있느냐?"

"고추장을 푸러 장독대에 왔다가 자객들이 들이닥친 걸 보고 숨었기에 목숨을 건졌습니다."

"자객들이 몇 명이었느냐? 차림새나 생김새는 기억나느냐?"

보리가 오들오들 떨며 대답했다.

"두 명인가 세 명인가 확실치 않습니다. 무명 도포에 삿갓을 썼는데, 하나는 털북숭이고 하나는 키가 장대만 했습니다."

"기억력이 좋구나. 세책방은 사람을 보내 정돈시키마. 겁먹지 말고 있거라."

율은 보리에게 말하고 건휘에게 눈짓했다.

"털북숭이와 키다리를 찾자꾸나."

일행은 한성세책방을 나와 말을 탄 채 광통교 근처를 내달렸다. 무명 도포를 입은 사람이 많은 데다 인파가 넘쳐 자객으로 보이는 자들을 쉽게 찾을 수 없었다. 땀을 뻘뻘 흘리며 헤매던 율의 눈에 털북숭이와 키다리가 들어왔다.

건휘와 무관들이 그쪽으로 내달렸다. 율도 뒤따라갔다. 그때 어디선가 단검이 휘익 날아왔다. 자객들이 선제공격을 한 것이다.

율은 앞섶에서 단검을 꺼내 놈들을 향해 날렸다. 일행 중 털북숭이가 단검을 맞고 쓰러진 찰나, 건휘와 무관들은 장검을 치켜들고 키다리에게 달려들었다.

챙 챙! 칭 치릉 챙! 쇳소리와 함께 시퍼런 검광이 번쩍번쩍 튀고 피가 솟구쳐 땅바닥을 적셨다. 그때 털북숭이가 일어나 장검으로 율의 옆구리를 겨눴다. 율은 잽싸게 몸을 피해 털북숭이의 멱살을 잡고 한 손으론 놈의 목에 단검을 바짝 들이댔다. 건휘와 무관들도 털북숭이를 포위하고 장검을 겨누었다. 키다리는 이미 해치운 뒤였다

"누가 시킨 짓이냐? 비망록은 어디 있느냐?"

율이 물었으나 털북숭이는 음흉하게 웃음을 흘렸다.

"흐흐. 우리가 전부라고 생각하면 오산이지."

순간 패랭이를 쓴 무리가 나타나 율과 건휘 일행을 에워

쌌다. 장검을 든 놈들은 족히 열 명은 되어 보였다. 놀란 상인과 행인들이 비명을 지르며 물러섰다.

"피하십시오!"

건휘가 털북숭이의 목을 장검으로 그은 후 자객들에게 달려들며 소리쳤다. 율은 피하기는커녕 무관들과 함께 놈들을 대적했다. 칼이 부딪치는 쇳소리와 말들의 울음소리가 허공을 갈랐다. 제법 솜씨 있는 칼잡이인 듯 놈들은 쉽게 처리하기 힘들었다. 하지만 난다 긴다 하는 익위사 무관들을 놈들이 당해 낼 순 없었다. 율도 무관들 못지않게 한 몫 단단히 했다. 자객들은 사지를 베이거나 몸통이 칼에 찔린 채 모조리 널브러져 버렸다.

건휘와 무관들은 놈들의 옷을 뒤져 《면앙록》을 찾아냈다. 털북숭이나 키다리에게서 나올 줄 알았는데 나중에 나타난 자객의 앞섶에 있었다.

그 시각, 내사옥에 갇힌 앵도는 손바닥만 한 바라지창*을 바라보며 안절부절못하고 있었다.

'이 일이 장차 어찌 될까. 조 책쾌가 《면앙록》의 존재를 공표했으니 역당들이 먼저 입수할 수도 있잖아. 절대 그렇게 되면 안 되는데……. 조 책쾌는 진작에 그것을 왜 내게

---

* 바라지창: 방에 햇빛을 들게 하려고 벽의 위쪽에 낸 작은 창.

주지 않았을까. 거기에는 대체 무슨 내용이 있는 걸까.'

모든 것이 걱정되고 궁금했지만 옥에 갇힌 몸이라 할 수 있는 게 없었다. 하늘에 닿기를 바라면서 그저 간절한 기도를 올릴 뿐이었다.

'아버님, 어머님, 그리고 오라버니들. 아버님의 비망록이 부디 주상 전하와 세자 저하께 안전히 닿도록 도와주시고 보살펴 주소서. 그리고 《면앙록》에 아버님의 누명을 벗길 수 있는 내용이 낱낱이 적혀 있기를 간절히 바라옵니다.'

율은 《면앙록》을 주상과 함께 읽었다. 율이 먼저 읽어 내용을 전하거나, 중요한 부분은 아예 직접 글귀를 읽어 아뢰는 식이었다.

《면앙록》은 언문으로 쓰여 있고 앞부분은 반듯반듯 공을 들인 정자체였다. 하지만 뒤로 갈수록 다급했던 듯 반흘림체가 대부분이고 글씨를 알아보기 힘든 곳도 적지 않았다. 율은 글귀 하나하나를 꼼꼼히 읽어 내려갔다. 《면앙록》에 기록된 내용은 충격적이었다.

요점은 중전 민씨가 율을 내치고 명현 대군을 세자로 만

211

들기 위해 주상을 독살하려는 역모를 꾸몄으며, 이에 청나라 출신 곱사등이 약쟁이로부터 특별한 독약을 주문해 대궐로 들여왔다는 것이었다. 더더욱 놀라운 사실은 명현 대군이 중전 민씨가 사가에 있을 때 교제했던 정인과의 사이에서 얻은 아들이라는 것이다. 그런데 민씨가 왕비로 간택된 직후 정인이 죽고 민씨를 오랫동안 보필했던 몸종마저 급사했다는 것이 의심스럽다는 내용이었다.

주상은 허탈해했다.

"명현 대군은 내가 중전과 가례를 맺자마자 잉태했고 중전이 몸이 약해 팔삭둥이로 낳은 걸로 알았는데……. 이런 일을 꿈엔들 생각했을까……."

《면앙록》에는 윤공회가 그 모든 걸 알고서 중전을 극구 말렸다는 이야기까지 적혀 있었다.

나는 이 비밀을 무덤까지 가져갈 테니 나를 믿고 제발 멈추라고 중전께 말했다. 세자 저하와 공주마마의 생모이신 덕화 왕후님과의 우정을 생각해서라도 그만둬 달라고 간청했다.

그다음부터는 시간에 쫓겼는지 겨우 알아볼 수 있을 정도로 필체가 흐트러져 있었다.

중전은 싸늘하게 웃으며 나를 믿을 수 없다 했다. 내가 모든 것을 알게 된 이상 더더욱 그만둘 수 없다고 했다. 조정에 어떤 태풍이 몰아칠지 두렵다. 중전이 역모를 꾀하고 있음을 전하께 고해야 할까? 과연 전하께서는 내 말을 믿으실까? 이를 어찌하면 좋을까.

마지막으로 윤 예판은 몇 줄을 더 보탰다.

나는 중전을 지켜 주고픈 마음도 있었다. 하지만 중전은 멈출 생각이 없다. 그렇다면 방법은 하나다. 중전보다 앞서 내가 먼저 중전을 치는 것이다. 그것이 주상 전하와 세자 저하, 종묘사직을 위하는 길이다. 그리고 이 비망록은 태워 없애야 마땅하나 만약을 위해, 남겨 두고 떠난다.

기록은 여기서 끝났고 더는 내용이 없었다. 율이 읽기를 마치자 주상의 표정이 굳어졌다.

"명현 대군의 출생의 비밀이 탄로 날까 봐 중전이 역모를 꾸미고 나를 겨냥한 것이야. 예판 대감이 순진했군. 중전이 역심을 품었다는 걸 눈치채고도 어찌 살아남기를 바랐을까. 왜 내게 먼저 알리지 않고 중전을 설득하려 했을까……."

율은 차 한 모금으로 입을 축인 후 조용히 고하였다.

"소자의 판단으로는 예판 대감은 본인의 일신을 걱정하기보다는 더 큰 그림을 그렸던 듯하옵니다. 아바마마와 소자도 지키고, 중전마마와 명현 대군도 지키고 싶었던 것 같습니다. 그러다 되레 누명을 쓴 것이지요."

"그런 것 같구나. 이제 어찌해야겠느냐? 이 비망록만으로 중전을 칠 수 있겠느냐? 확실한 증좌*가 있어야 할 터인데."

"예판 대감 여식과 대제학 대감, 공주의 첫 번째 책비나인이었던 손가 찔레의 얘기를 더 들어보겠습니다."

"예판 대감 여식에게서 무슨 이야기를 들을 수 있겠느냐? 피해자이자 희생자일 뿐인데. 그리고 손 나인은 이미 죽었는데 무슨 소리냐?"

"윤 규수가 추포되기 전 소자와 얘기한 것이 있사온데 역모를 일으켰던 무리가 아바마마께 쓴 독극물은 간수일 가능성이 높습니다. 법의학서에 해박한 윤 규수가 알려 준 내용이고 소자와 좌익위도 알아본 바 맞는 듯합니다. 그리고 손 나인이 갑작스럽게 병증을 보인 까닭 역시 누군가 간수

* 증좌: 참고가 될 만한 증거.

를 먹여 독살하려 했을 거라는 게 윤 규수의 추측입니다. 손 나인이 중궁전에 다녀온 뒤 증상을 보였다고 합니다."

"간수? 두부를 응고할 때 쓰는 것 말이냐? 그것이 독극물이라고?"

"예, 많이 쓰면 즉사할 정도로 치명적이고, 적게 쓰면 사람을 고통 없이 서서히 죽일 수 있다 합니다. 수라를 드신후 아바마마께서 겪으신 병증과도 일치합니다. 간수라서짠맛이 있는 것은 기본이고요."

주상이 눈을 휘둥그레 떴다.

"그리 중요한 것을 왜 여태 내게는 고하지 않았느냐?"

"송구하오나 아직 모든 것이 밝혀진 것이 아니기에 그리했습니다. 실은 손 나인도 죽은 것이 아니라 살아 있습니다."

"뭐라, 손 나인이 살아 있어?"

"죽어서 시신으로 출궁된 걸로 돼 있지만 소자가 은밀히빼돌려 도성 밖에서 보살피고 있습니다. 공주를 가까이서보필하던 아이가 갑자기 급환에 걸린 게 미심쩍어 그리했는데, 그 아이가 부리던 말자라는 각심이까지 죽었다 하니더욱 이상하지 않습니까."

"부리던 각심이까지 죽어?"

"말자라는 각심이가 손 나인이 죽은 후 궁살이를 그만뒀

다며 윤 규수가 이상해하기에 알아보니 죽었다고 합니다. 각심이가 손 나인의 밥상을 담당했으니 필시 뭔가 알고 있었을 겁니다. 손 나인이 간수로 몸이 상해 말은 잘 못하지만 필담은 조금씩 가능한 수준이라 회복되기를 기다리는 중이었습니다. 그 아이가 필담만 자유자재로 하게 되면 진실을 파헤치기가 훨씬 용이할 듯합니다."

율의 설명을 다 듣고 난 주상의 얼굴에는 먹구름이 가득했다.

"중전이 내 뒤에서 음모를 꾸미고 있었음이 분명하구나. 세자는 손 나인과 관련된 자들의 이야기를 좀 더 들어 보고, 중전 쪽 인물도 조사하여 이 사건을 속히 마무리 짓도록 하라."

"속전속결 자세로 발본색원하겠습니다. 조금만 기다려 주옵소서."

탕약을 왜 들지 못하시오!

율은 건휘를 비롯한 명진회 회원들과 더불어 빠르게 일을 진행시켰다.

먼저 《면앙록》에 담긴 내용을 바탕으로 중전 민씨의 오라버니인 훈련대장 민희재로부터 역모의 주모자인 중전을 도왔다는 자백을 받아 냈다. 민희재는 무과에 급제했음에도 실력도 변변찮고 인품마저 경박해 한미한 벼슬에서 맴돌다가 누이 덕에 훈련대장이 된 인물이었다. 그렇기에 저 혼자 살아 보려고 누이를 버리는 길을 택했다. 덕분에 한성판윤 송재익을 비롯한 몇몇 대신이 역모에 가담한 사실

뿐 아니라 중전 쪽에 정기적으로 독약을 댄 청나라 곱사등이 약쟁이의 존재를 알아낼 수 있었다. 중전이 중궁전 나인하나를 매수하여 주상과 세자를 저주하기 위한 인골과 흉물을 묻었다는 사실도 밝혀졌다. 찔레가 많이 회복돼 제법 정확한 필담을 나눌 수 있는 수준이 된 것이나, 공주로부터 《초화교유록》에 대해 듣게 된 것 또한 적잖은 도움이 되었다. 줄곧 공주가 보관해 와서 율은 그 존재를 모르고 있었는데, 《초화교유록》을 읽고 나니 《면앙록》을 더 잘 이해할 수 있기도 했다.

이렇게 여러 증좌들을 마련해 놓고 율은 어명을 전하러 중궁전을 찾았다. 중전 민씨는 세자를 치려고 보낸 자객들이 전멸하고 《면앙록》까지 공개된 것을 알았지만 율이 들이닥쳤을 때 애써 미소를 지었다.

"세자, 갑자기 어인 일이세요?"

율은 가벼운 묵례로 최소한의 예의만 갖춘 채 다짜고짜 말했다.

"민희재 대감이 자백을 했습니다."

중전의 얼굴에서 웃음기가 싹 걷혔다.

"자백이라니요? 오라버니가 무슨 자백을 했다는 것입니까?"

"중전께서 3년 전 역모를 주도해 윤공회 예판 대감에게 누명을 씌웠고 민 대감과 한성판윤 송 대감이 역모를 도왔다는 것을 민 대감이 증언했습니다. 아바마마와 저를 저주하기 위해 대궐 곳곳에 인골과 흉물을 묻었다는 것까지 실토했습니다."

"뭐라? 내가 역모를 주도해? 오라버니가 미쳤구려! 세자는 어찌해서 거짓을 꾸며 나를 겁박하는 것이오? 친어미가 아니라고 이래도 되는 것이오!"

중전은 붉으락푸르락한 얼굴로 격노했지만 율은 차분했다.

"종묘사직을 뒤흔드는 중대 사건의 진실을 명명백백히 밝히고자 할 뿐입니다. 결백하시다면 곧 진위가 가려질 것이니 너무 심려치 마시지요. 다만 어명을 받자와 모시러 왔사옵니다."

"어명? 무슨 어명?"

"대전으로 뫼시라는 어명이옵니다. 명현 대군도 동석시키라 하시어 데리러 갔습니다. 밖에서 잠시 기다릴 테니 채비하시지요."

할 말을 마친 율은 중궁전 밖으로 나와 중전을 기다렸다. 중전은 올 것이 왔다는 생각에 눈앞이 캄캄해 채비도 하는 둥 마는 둥 허둥지둥 앞뜰로 나왔다.

잠시 후, 대전에서는 중전이 발악하는 소리가 울려 퍼졌다.

"세자, 무슨 억하심정이 있어 나를 모함하는 것이오! 나는 조선의 국모요, 왕비입니다. 무엇이 부족해 역모를 꾀한단 말입니까!"

모두의 시선이 중전에게 쏠렸다. 주상과 율, 대비, 효린 공주, 상선과 건휘까지 덤덤한 표정이었지만 명현 대군은 무척이나 놀란 듯했다. 한쪽 구석에 처박혀 있다시피 한 중전의 오라버니 훈련대장 민희재는 새파랗게 질린 얼굴로 부들부들 떨고 있었다. 율이 민희재를 보며 말했다.

"누이께서 끝내 부인하시니 민 대감은 확실히 증언하시오. 역모의 주모자가 누구인지 종묘사직을 걸고 똑똑히 말씀하시오."

민희재가 사시나무 떨듯 온몸을 떨며 입을 열었다.

"마, 맞습니다. 중전마마가…… 여……역모를 주도하시고 하……한성판윤과 소신이 거든 것이…… 마……맞사옵니다. 《면앙록》을 입수하려고 한성세책방에 자객을 보내고…… 저……저하를 해치려 한 것도 주……중전이옵니다."

"세자, 외숙이 미욱한 것은 하늘도 땅도 다 알지 않소? 천지 분간도 못하는 자를 겁박하여 거짓 자백을 받아 내다니

220

하늘이 두렵지 않소?"

중전이 분을 참지 못하고 소리치더니, 주상에게 원망을 쏟아 냈다.

"전하, 신첩 억울하옵니다. 오로지 종묘사직을 위해 눈, 귀, 입, 다 닫고 숨소리마저 죽인 채 살아왔거늘 어찌 천부당만부당한 누명을 씌우시는지요? 역모 이후 옥체 미령해지신 전하를 위해 날마다 귀한 탕약을 올렸기에 이리 쾌차하시어 국사도 다시 돌보시게 된 것이 아니옵니까?"

주상은 아무 대꾸 없이 소반에서 옥빛 사발을 들어 율에게 건넸다. 율은 탕약 사발을 공손히 건네받고는 중전에게 되물었다.

"이 탕약 말씀이십니까? 오늘 아침에도 이것이 아바마마께 올려졌다 하더이다."

중전이 굳어진 낯빛으로 고개를 끄덕였다. 율은 탕약 사발을 들고 명현 대군에게 다가갔다.

"그리 귀한 탕약, 명현 대군에게 먹여도 되겠습니까?"

중전이 당황한 표정으로 손을 내저었다.

"아니 됩니다. 어린 사람이 먹었다가는 탈이 날 수 있습니다."

"그래요? 하오면 직접 드실 수는 있겠지요? 아바마마의 옥체를 보하는 약이라면 말이지요."

율이 중전에게로 와서 탕약 사발을 들이밀었다.

"그, 그야…… 그렇기는 하지요."

율이 계속 옥죄어 가자 중전은 마지못해 탕약 사발을 받아 입으로 가져갔다. 동석한 사람들의 눈길은 중전에게 향했다. 하지만 손을 부들부들 떨 뿐, 중전은 차마 탕약을 마시지 못했다. 주상이 노기를 참지 못하고 소리쳤다.

"왜 탕약을 들지 못하시오! 아끼느라 그러시오?"

"그……그게 아니오라, 시……신첩이 특이 체질이라 아무 탕약이나 먹어서는 아니 되어…….."

주상이 서안을 탁 내려쳤다.

"손가 찔레와 청나라 약쟁이를 입실시키라."

"예, 아바마마!"

율이 눈짓하자, 건휘가 급히 나가 찔레와 웬 곱사등이를 데리고 들어왔다. 찔레는 몹시 수척해지기는 했으나 눈이 맑았고, 곱사등이는 삐쩍 마른 괴이한 느낌의 노인이었다. 중전은 주먹 쥔 손을 부들부들 떨며 두 사람을 노려보았다. 특히 찔레가 들어올 때는 너무 놀라 얼굴이 백짓장처럼 질린 상태였다. 하긴 죽은 줄 알았던 사람이 버젓이 살아 있으니 그럴 수밖에. 민희재 역시 방바닥에 몸을 딱 붙인 채 눈알만 데굴데굴 움직이고 있었다. 주상이 건휘에게 말했다.

"좌익위는 과인이 묻는 말을 청나라 말로 통역하고, 곱사등이의 말을 우리말로 옮기도록 하라."

"예, 전하. 하문하시옵소서."

건휘가 대답하자 주상이 곱사등이에게 물었다.

"너는 청나라에서 온 독을 짓는 약쟁이가 맞느냐?"

건휘가 주상의 말을 청나라 말로 옮겼다. 건휘는 무관임에도 청나라 말에 관심을 가져 공부를 한 덕분에 말도 잘하고 들을 수도 있었다. 곱사등이가 겁먹은 얼굴로 청나라 말로 뭐라 답하고, 건휘는 그 말을 다시 우리말로 옮겼다.

"맞다고 하옵니다, 전하."

"언제부터 대궐에 독을 보급하였느냐?"

다시 주상이 묻고 곱사등이의 대답을 건휘가 통역했다.

"3년 전 봄부터라 하옵니다."

"누구의 명을 받았느냐?"

"민희재 훈련대장의 명이었사온데, 중전마마께 가는 것이라는 이야기도 얼핏 들었다 합니다."

"그 독약은 어떤 것이냐?"

"두부를 만들 때 쓰는 간수라는 것인데, 한 번에 많은 양을 쓰면 즉사하지만 적절히 다른 탕약과 배합하면 사람을 고통 없이 서서히 죽일 수 있다고 합니다."

"최근 언제까지 간수를 중궁전에 보급하였느냐?"

"대궐에서 매월 한 차례씩 도성 밖으로 사람을 보내 가져
갔고, 사흘 전에도 사람이 와서 가져갔다 합니다."

주상과 곱사등이의 문답이 이어질수록 중전의 얼굴이
하얘지더니 급기야 손에 들었던 탕약 사발을 떨어뜨리고
말았다. 사발이 쨍그랑 소리를 내고 깨지며 시커먼 탕약이
방바닥으로 흘렀다. 궁녀들이 급히 들어와 사금파리를 치
우고 바닥을 적신 탕약을 닦았다. 그러는 사이 주상과 곱사
등이의 문답은 끝났다. 이번에는 주상이 찔레를 돌아보며
물었다.

"손가 찔레는 말을 할 수 있느냐?"

건휘가 대신 대답했다.

"송구하오나 손가 찔레는 간수를 마신 이후 말을 잘 못하
게 되었습니다. 다행히 청력은 살아 있고 글도 쓸 수 있으
니 하문하시면 글로써 답을 올릴 수 있을 것입니다."

곧 궁녀들이 지필묵을 가져와 찔레 앞에 놓았다. 주상이
찔레에게 물었다.

"너는 중전이 청나라 독약쟁이와 내통해 간수를 대궐에
들여온다는 것을 어찌 알게 되었느냐?"

찔레가 덜덜 떨리는 손으로 종이에 글을 써 내려갔다.

공주마마 심부름으로 중궁전에 갔다가 중전마마와

훈련대장 민 대감이 나누는 말씀을 우연히 듣게 됐습
니다.

"무슨 내용이었느냐?"
주상이 다시 묻고 찔레가 필담으로 답했다.

중전께서 이번에는 왜 이리 간수가 늦게 들어오느냐,
말씀하셨고 민 대감은 청나라 약쟁이가 고뿔이 들어
늦어진다고 하였습니다. 또한 중전께서는 하루빨리 명
현 대군을 세자 자리에 앉혀야 하는데 일이 늦어지니
어쩌느냐, 하셨습니다.

"중전과 훈련대장의 대화에 독약이라는 말이 있었더냐?"

독약이라고는 하지 않고 그저 '간수'라고 표현하셨습
니다.

"너는 간수가 독약의 일종이라는 걸 알고 있었느냐?"

그것은 모르고 있었습니다.

"그럼 너는 어찌해서 출궁하게 된 것이냐?"

그날 제가 두 분의 이야기를 엿듣다가 중전마마께 들켰고, 중전께서는 저를 추궁하시면서 절대 발설해서는 안 된다 하시기에 저는 당연히 그러겠다고 약속드렸습니다. 하온데 그날 저녁 각심이가 차려 온 음식이 굉장히 짜다는 생각이 들었습니다. 그러다 밤에 극심한 통증에 시달려 옷장이며 가슴을 긁다가 의식을 잃었는데 깨어나 보니 궁 밖이었습니다.

주상이 중전을 쏘아보며 물었다.

"저 아이를 간수로 독살하려 한 것이지요? 과인한테 그랬던 것처럼 말이오. 각심이였던 말자라는 아이 또한 중전이 죽인 것이지요?"

중전은 인정하기는커녕 고개를 저으며 소리쳤다.

"모함이옵니다! 억울하옵니다! 신첩은 저 곱사둥이는 알지도 못하며 간수를 주문한 적도 없습니다. 찔레라는 저 아이도 궁에서 본 적조차 없습니다."

주상이 벌컥 화를 내며 목청을 높였다.

"끝내 부인하는 것이오? 과인이 요령껏 탕약 사발을 바꿔치기했으니 망정이지, 주는 족족 받아먹었다면 몸을 못

쓰게 됐거나 이미 저세상 사람이 되었을 것이요. 중전 대신 역모 죄를 뒤집어쓴 예판 대감이 쓴 《면앙록》에도 중전에 대한 내용이 낱낱이 적혀 있으니 더는 부인할 생각일랑 마시오. 예판 대감이 여식한테 남긴 말에도 '화선'이라는 이름이 있었다 하더군. 그게 누구 이름인지는 말 안 해도 알겠지.”

중전이 몸을 부르르 떨더니, 납작 엎드려 읍소했다.

“전하, 통촉하여 주옵소서. 신첩은 이 나라의 중전이고 명현 대군을 낳은 몸입니다. 신첩을 모함하는 간악한 무리를 벌하여 주옵소서!”

주상이 한숨을 내쉬더니 어좌에서 내려가 중전 앞에 가서 호통을 쳤다.

“끝까지 과인을 능멸하려 드는구려. 닥치고 바른 대로 답하시오. 명현 대군, 아니 저 아이가 왕자가 맞소? 사실대로 고하지 않으면 저 아이도 무사치 못할 것이오!”

판세는 완전히 기울었고 중전은 흐느껴 울기 시작했다.

“신첩이 잘못하였나이다. 부디 신첩을 죽여 주시고…… 명현 대군만은 살려 주옵소서! 모든 것은 신첩이 저지른 죄이옵니다. 명현 대군은 아무 죄가 없으니…… 신첩을 벌하시고 명현 대군만은 살려 주시옵소서!”

주상이 격노해 소리쳤다.

"대군? 대군 소리 집어치우라! 궁 밖에서 잉태한 아이를 어찌 감히 대군이라 하는가!"

중전이 사시나무 떨듯 몸을 떨며 울부짖었다.

"부디 어린 소생만은 해치지 말아 주옵소서!"

중전을 지켜보던 율은 비로소 마음을 놓았다.

'드디어 진실이 명명백백히 밝혀졌구나. 이제 윤 규수의 죄도 사하여지고, 예판 대감 가문도 역적 집안이라는 누명을 벗겠구나. 앵도, 아니 설영 낭자, 이 기쁜 소식을 전하러 가겠소. 내가 곧 가겠소.'

다시 광통교 연가,
달빛 따라 임 오시니

　중전 민씨는 폐위되어 사약을 받았고 명현 대군은 궁에
서 내쳐졌다. 훈련대장 민희재, 한성판윤 송재익 등 중전과
결탁해 반역에 가담한 역당들은 참형에 처해지거나 흑산도
와 제주도로 귀양 가 위리안치*되었다. 송씨 집안이 멸문지
화를 당하면서 송예련은 관비로 전락했고, 세도 정치로 매
관매직을 일삼은 중전 민씨 일가도 모두 숙청되었다. 중전

---

*　위리안치: 유배된 죄인이 거처하는 집 둘레에 가시로 울타리를 치고 그
　안에 가두어 두던 일.

과 내통해 대전에 독이 든 탕약을 들인 내의원, 대전의 탕약 담당 나인뿐 아니라 중전의 사주를 받아 주상과 세자를 저주하는 흉물을 묻은 궁녀 또한 합당한 벌을 받았다.

홍문관 우찬식 대제학은 영의정으로 제수됐으나 본인이 극구 사양해 봉조하*에 머물렀다. 너무 심사숙고하느라 설영을 빼돌려 신분을 바꿔치기한 사실을 적절한 때에 명진회에 고하지 않았다는 자책 때문이었다. 조 책쾌는 금서를 유통시킨 죄는 크지만 역모의 배후를 밝히는 데 결정적인 역할을 했다는 이유로 유배를 면했다. 다만 한성세책방은 한 달 동안 문을 닫아야 했는데, 어차피 자객들이 난장판을 만들고 간 터라 그동안 복원 공사를 하기로 했다.

예조 판서 윤공회의 죄는 거두어졌고, 멸문지화를 당했던 윤씨 가문도 명예를 되찾게 되었다. 앵도, 아니 설영은 옛집을 손보아 강화에서 돌아온 남동생 설훈, 찔레와 함께 살게 되었다. 다행히 찔레는 필담 아닌 말로도 조금씩 의사소통을 할 수 있게 되었는데 회복 속도가 빨라 반년 정도면 자유롭게 말을 할 수 있으리라는 게 의원의 예측이었다.

설영은 한성세책방에서 희생된 책비들의 묘를 찾아 추모하고, 유족들에게는 온 마음으로 사죄했다. 자기 때문에

---

* 봉조하: 종이품 관리로 사임한 사람에게 특별히 주던 벼슬.

책비들이 희생됐다는 생각에 사재를 털어 넉넉한 보상을 해 주려 했으나 조정에서 보상해 주기로 함에 따라 그 뜻은 거둘 수밖에 없었다. 역당을 밝히는 과정에서 책비들이 희생됐기에 나라에서 보상을 하는 게 마땅하다는 대신들의 중론 덕분이었다.

설영은 이제 궁녀가 아니기에 엿새에 한 번꼴로 궁에 들어가 공주와 대비에게 책을 읽어 주기로 했다. 공주와 대비가 예전보다 더욱 설영을 신임하고 좋아하게 된 까닭이었다. 설영도 궁을 드나들며 책을 읽게 된 것이 기뻤다. 약속하지 않아도 율과도 만날 수 있기 때문이었다.

❈

그러는 사이 중추절이 되었다. 여느 해보다 날짜가 느지막하게 든, 꽤 늦은 추석이었다. 어지러웠던 조정도 안정을 찾고 방방곡곡에 풍년도 들어 백성들은 모처럼 풍성한 명절을 맞이할 수 있었다.

아침 일찍 율은 주상을 모시고 만조백관을 거느리고 왕릉에 나가 정성스럽게 추석제를 올렸다. 대궐로 돌아와서는 대비전에서 주상과 대비를 모시고 성대한 연회도 펼쳤다. 이어 대소 신료들이 달구경을 하며 덕담을 나눌 수 있게끔 성대한 완월연도 베풀어 주었다.

그러고 나서 술시정* 무렵이 되자, 율은 건휘와 익위사 무관들을 대동해 광통교로 나갔다. 한가위 달맞이는 늘 대궐에서 했지만 이번만은 백성들과 더불어 보내기 위해서였다. 그러나 실은 한가위 보름달을 함께 맞이하고 싶어 설영을 광통교로 나오게 한 까닭이 가장 컸다. 미리 서찰을 보내 뜻을 물었는데 설영은 광통교로 나오겠노라 흔쾌히 답신했다.

달빛이 쏟아져 내리는 광통교는 한가위 보름달을 보려는 사람들로 북적거렸다. 청계천 풀숲에서는 귀뚤귀뚤 귀뚜라미들이 노래했다. 율은 설영을 기다리며 밤하늘을 올려다보았다. 보름달이 둥실 떠서 사방을 환히 밝히고, 별들은 유난히 총총 반짝거렸다. 그때 건휘가 낮게 속닥거렸다.

"윤 규수 저기 옵니다."

오늘따라 더 당차고 더 청아해 보이는 설영이 달빛 아래 이쪽을 향해 오고 있었다. 인파로 붐비는데도 설영은 빛이라도 몰고 오는 듯 단연 눈에 띄었다. 설영도 이미 율을 발견한 참이었다. 저만치 보이는 세자는 오늘따라 더 의젓하고 기품 있어 보였다.

---

* 술시정: 오후 8시.

드디어 광통교 어귀에서 율과 설영, 두 사람이 만났다. 건휘와 무관들은 눈치껏 멀리, 또는 가까이 흩어져 호위했다. 율이 미소 띤 얼굴로 가만히 말했다.

"나와 주어 고맙소."

설영도 미소를 머금은 채 대답했다.

"저하, 불러 주시어 고맙습니다."

율이 조그만 목소리로 말했다.

"사람들이 있으니 저하라는 말은 빼는 게 좋겠소. 참, 추석 송편은 먹었소? 무슨 송편을 먹었소?"

휘영청 밝은 보름달을 한 번 보고는 설영이 생긋 웃었다.

"예, 깨 송편도 먹고, 밤 송편도 먹고, 모시 송편*도 먹었사옵니다."

"골고루도 먹었구려. 뭐가 제일 맛있었소?"

"모시 송편이옵니다. 어머님 아버님이 좋아하시던 송편이라서……."

"나도 모시 송편이 가장 좋더이다. 우리, 다리 한가운데로 가 봅시다. 저기서 달이 가장 잘 보인다 하니."

---

* 모시 송편: 모싯잎을 가루로 만들어 찹쌀과 반죽하여 콩 따위를 넣어 만든 송편.

율이 광통교로 올라 앞장을 서고 설영은 몇 걸음 뒤따라 걸었다. 율이 뒤돌아보며 말했다.

"내 옆에서 나란히 걸으시오."

설영이 망설이며 말했다.

"감히 어찌 나란히 걷겠습니까?"

"명이오. 가까이 오시오."

할 수 없이 앵도가 가까이 갔지만 율이 또다시 채근했다.

"좀 더 가까이 오시오. 아주 바짝. 명이오."

설영은 멋쩍었지만 사람들에게 이리저리 치이기도 해서 율 곁에 바짝 붙어 걸을 수밖에 없었다. 그러자 율이 슬쩍 손을 잡았다. 설영이 놀라자 율이 말했다.

"이렇게 낭자와 손잡고 광통교를 걷고 싶었소. 우리가 처음 만난 뜻깊은 곳이니 말이오."

바로 그때였다. 통통 튀는 듯한 익숙한 목소리가 옆에서 들려왔다.

"광통교 한가운데에서 소원을 빌면 더 잘 이뤄진대?"

"예, 그런 얘기가 있습니다. 광통교에서도 딱 한가운데에서 달님을 올려다보고 빌어야 한답니다."

효린 공주와 보모상궁이었다. 율은 설영의 손을 잡은 채 재빨리 뒤돌아섰다. 광통교 한가운데인 데다 사람들이 많아 몸을 피하기가 힘들었다. 공주는 두 사람이 뒤에 있는 줄도 모르고 투정을 부렸다.

"그 중요한 걸 왜 지금까지 안 알려 줬어? 만날 공주전 앞 뜰에서만 달님 보고 소원을 비니 이뤄질 턱이 있냐고."

보모상궁이 철부지 달래듯 조곤조곤 대꾸했다.

"이곳이 축원의 명당이기는 하지만 사람들이 많으니 조심스러워서요. 얼른 소원 빌고 가시는 게 좋겠습니다."

"그럼 잠시 저쪽에 가 있어. 나 소원 빌 동안."

"혼자 계시면 위험하실 텐데요."

"잠시면 돼. 달님한테 소원을 빌어야 하는데 자네가 내 소원까지 알 필요는 없잖아."

"맘속으로 비시면 아니 되옵니까?"

"나는 소리 내서 소원 비는 게 좋아. 그래야 달님이 확실히 알아듣지."

"알겠사옵니다. 저기 있을 테니, 소원을 다 빌면 손을 번쩍 들어 주시어요."

"알겠어. 얼른 가 봐."

보모상궁이 저만치 가고서야 공주는 두 손을 모은 채 달을 올려다보며 소곤소곤 종알종알 빌기 시작했다.

"달님, 보름달님, 제 소원을 들어주소서. 할머니 만수무강하시고, 아버지 강녕하시고, 어머니 극락왕생하시기를 간절히 비옵니다. 그리고 하나뿐인 우리 오라버니, 윤 규수와 고운 연정 나누길 간절히 비옵니다. 두 사람이 서로를 연모하는 것 다 압니다. 저도 두 사람을 좋아하니 어여쁜 그 한 쌍 꼭 맺어지게 해 주소서."

율은 귀를 의심했다.

'내가 설영 낭자를 연모하는 걸 공주가 눈치챘던 게야?'

설영은 더더욱 놀랐다.

'내가 저하를 연모하는 걸 공주마마가 아신다고?'

공주가 잠시 말을 멈췄다가 다시 소원을 빌었다.

"달님, 마지막으로 정말 중요한 소원 비옵니다. 안 들어주면 달나라로 쳐들어갑니다. 강건휘 그 사람, 하루빨리 저를 연모해 주기를 달님께 간절히 비옵니다. 들어주실 거지요, 달님?"

'공주가 건휘를 연모하고 있었던 게야? 건휘 그 녀석도 공주한테 마음 있는 눈치던데?'

'공주마마께서 좌익위를 연모하시는구나. 깜찍하기도 하시지. 두 분, 잘 어울려.'

율과 설영은 마주 보며 웃었다. 소원 빌기를 마친 공주는 곧 보모상궁과 함께 돌아갔다. 공주는 율과 설영의 옆을 떠나면서도 종알거렸다.

"오라버니는 광통교 안 나오시나? 윤 규수하고 한가위

달맞이하시면 좋을 텐데……."

공주가 떠난 후 율과 설영은 서로를 보며 웃음을 터뜨렸다. 조금 뒤 율이 정색을 하고 말했다.

"이참에 고백하리다. 나 이율은 설영 낭자를 연모하오. 영원히 그대를 연모할 것이오."

설영은 가슴이 쿵 했다. 그럼에도 용감히 되물었다.

"감히 여쭙겠습니다. 왜 저를 연모하시는지요? 저의 무엇이 좋으신지요?"

율은 적이 놀랐다. 조선의 국본에게 이리 당차게 물을 수 있는 여인은 예전에도, 지금도, 앞으로도 없을 것이므로. 율은 그윽한 눈빛으로 대답했다.

"연모하는 까닭이야 셀 수 없이 많지요. 그래도 한 가지만 꼽으라면 나는 낭자의 거침없는 기개와 총명함이 좋소. 모진 세월을 홀로 이겨 내고 끝내 진실을 밝혀낸 그 기개와 총명함 말이오. 그 덕분에 우리 함께 희망찬 새날을 맞게 되지 않았소? 나는 다 말했으니 낭자도 답을 주시오."

설영은 율을 마주 보며 주저하지 않고 또랑또랑 대답했다.

"예, 저도 연모합니다. 이율이라는 분을 연모합니다."

율이 입꼬리를 올리며 설영의 까만 눈망울을 들여다보았다.

"나도 묻겠소. 왜 나를 연모하오? 나의 무엇이 좋은 것
이오?"

"연모하는 까닭이야 셀 수 없이 많지요. 그래도 한 가지
만 꼽으라면 저는 그분의 따뜻함이 좋습니다. 남들은 까칠
하시다지만 혈육지정과 속정이 깊고 따뜻함이 넘치시는 분
입니다. 그 따뜻함 덕분에 우리 함께 희망찬 새날을 맞게
되었고요."

그 대답이 흡족해 율은 설영을 품에 꼭 안아 버렸다. 둘
은 콩닥콩닥 심장 뛰는 소리를 서로의 가슴을 통해 전해 들
었다. 북적이는 인파도 아랑곳 않고, 건휘와 익위사 무관
들이 가까이서 멀리서 보고 있는 것도 모른 척하고, 그렇게
한참을 껴안고 있었다.

잠시 후 두 사람은 나란히 서서 달을 보며 소원을 빌었
다. 공주와 달리 마음속으로만 빌었다. 그래도 그들은 알고
있었다. 서로가 비는 소원이 같다는 것을.

달빛 아래 가을 밤바람이 두 사람의 가슴을 살랑살랑 흔
들고 지나갔다.

설영은 율과 헤어진 후 집으로 돌아와, 새《설영록》에 일

기를 썼다.

오늘은 한가위 중추절, 영원히 잊지 못할 일이 내게 일어났다.

저하께서 내 손을 잡고 보름달 아래서 연모를 고백하신 것이다. 그 까닭은 셀 수 없이 많지만, 한 가지만 꼽으라면 나의 거침없는 기개와 총명함이 좋으시단다. 나도 저하를 연모한다. 나는 무엇보다도 저하의 따뜻함이 좋다.

저하와 나는 서로를 도와 어둠을 물리치고 진실을 밝혀냈다. 그래서 더욱 소중하고 감사한 인연이다.

광통교에서 저하와 나는 달님을 보며 소원도 빌었다. 입 밖으로 소리는 내지 않으셨지만 나는 저하께서 무슨 소원을 비셨는지 안다. 저하도 그러하시리라.

봄날,
그 아름다운 날

　겨울이 가고 춘삼월이 왔다. 새싹들이 연둣빛으로 움트
는 봄, 메말랐던 나뭇가지마다 물이 차오르는 봄, 봄꽃들이
알록달록 피어나는 새봄이었다.

　오늘은 율과 설영의 가례 마지막 단계인 친영례와 동뢰
를 치르는 날. 왕세자인 율이 별궁인 창경궁으로 와서 세자
빈인 설영을 맞아들여 본궁인 창덕궁으로 입궐하고, 서로
배례하고 술잔을 나눈 후 첫날밤을 치르는 날이었다. 지난
한가위 이후 겨우내 사랑을 키워 왔던 둘이 정식으로 하나
됨을 알리는 날, 만백성이 우러르고 아끼는 조선의 으뜸 원

240

앙이 되는 날이었다.

율과 설영의 친영례를 경축하기 위해 종로 시전은 문을 닫았고 친영례가 치러지는 창경궁 홍화문 앞은 백성들로 인산인해를 이루었다. 왕실 종친과 대소 신료들은 물론 지방 수령들도 구름처럼 몰려들었다. 운종가와 황토마루* 언덕에도 세자와 세자빈의 가례를 온 마음으로 경하하는 이들로 가득했다.

"빈궁마마, 너무너무 고우셔요. 하늘 선녀님 뺨치겠어요."

대례복을 입은 설영을 보며 보리가 감탄을 쏟아 냈다. 설영이 세자빈이 되면서 보리가 본방나인** 겸 공주의 책비나인으로 입궁한 것이었다. 정말이지 설영은 눈부시게 곱고 화사했다. 원래도 청아한 미모였지만 봉황새가 수놓인 남색 스란치마 위에 붉은 원삼을 입고 가례 머리에 진주 뒤꽂이며 호박 떨잠, 나비잠 같은 장신구들로 꾸민 모습은 누가 보아도 아름다웠다.

설영이 발그레한 표정으로 핀잔을 놓았다.

"보리야, 너무 높이 띄우지 마. 선녀님들이 비웃는단 말

---

* 황토마루: 서울 종로구 지금의 세종로 네거리 일대를 예전에 일컫던 말.
** 본방나인: 왕비나 세자빈이 친정에서 데리고 온 나인.

이야."

"비웃긴요! 빈궁마마님 오늘 진짜 곱단 말예요. 근데 떨리지 않으세요?"

"많이 떨리고 설레. 저하를 오늘 처음 뵙는 것도 아닌데 왜 이러나 몰라."

"호호. 이해가 가요. 다시금 감축드려요. 하늘에 계신 대감마님과 안방마님께서도 무척 기뻐하실 거예요."

보리의 말에 설영은 코끝이 시큰하고 가슴이 울컥했다.

'부모님과 오라버니들께서 나의 이 모습을 보신다면 얼마나 기뻐하고 좋아하실까……'

그때 가례를 담당하는 상궁이 총총거리며 와서 말했다.

"세자 저하께서 오시었다 합니다. 곧 친영례가 시작되오니 대례청으로 가시지요."

설영은 상궁의 안내에 따라 대례청으로 향했다. 마음을 다잡았는데도 가는 내내 가슴이 마구 뛰었다.

'저하께서 어떤 모습으로 오실까? 아, 얼른 뵙고 싶다.'

머릿속에 지난 일들이 어제 일처럼 스쳐 지나갔다. 아버지가 역적의 누명을 쓰면서 멸문지화를 당한 일, 자결한 어머니 앞에서 목 놓아 울던 일, 부모 형제를 잃고 사노비가 됐다가 '앵도'라는 이름으로 한성세책방 책비가 됐던 일, 봄날 광통교에서 율을 처음으로 만났던 일, 궁에 들어와 책비

242

나인이 됐던 일,《초화교유록》에서 '화선'의 정체를 알고 놀랐던 일, 오랏줄에 묶여 옥에 갇혔던 일, 결국엔 세자와 더불어 모든 진실을 밝힌 일, 한가위 보름달 아래 율로부터 고백을 받았던 일, 관노비가 됐던 아우 설훈을 데려온 일까지 모두⋯⋯. 그리고 이제 원했던 대로 가문의 명예를 되찾고, 연모했던 세자와 가례까지 올리게 된 것이다.

'오늘이 있으려고 내가 그토록 큰 시련을 겪었던 것일까? 지난 일은 가슴에 묻고 저하와 곱고 어여쁘게 살아가자. 조선의 세자빈으로서 저하와 더불어 만백성을 아끼고 사랑면서.'

설영은 이렇게 생각하며 율을 향해 걸음을 옮겼다.

바로 그 시각. 율도 대례복을 갖춰 입고 머리에 면류관을 늘어뜨린 모습으로 대례청으로 향하고 있었다. 봄바람 불던 광통교에서 설영을 처음 만난 지 어언 1년, 설영을 평생토록 연모할 여인으로 삼은 지 다섯 달 만의 일이었다.

'설영 낭자가 이제 나의 짝이 되는구나. 오늘은 얼마나 또 당찬 모습으로 나를 설레게 할까. 내 평생 설영과 더불어 만백성이 우러르는 성군과 왕비가 되리라.'

율은 이렇게 생각하며 설영을 향해 걸음을 옮겼다.

참, 이제야 밝히건대《광통교 연가》는 멸문지화를 당하기 전, 설영이 손수 지은 이야기였다. 그리고 설영이 직접

쓴《광통교 연가》 초본 두 권의 뒤표지 맨 아래에는 '호연당
당'이라는 필명이 적혀 있었다. '호연지기를 품은 당당하고
당찬 규수'라는 뜻이었다.

　신문기자 시절, 한 일간지 칼럼을 무척 흥미롭게 읽었
다. 옛날에 책을 빌려주는 세책가(貰冊家)가 성행했고 이야
기책을 반가에 갖고 가 안방마님들에게 읽어 주는 '책비(冊
婢)'라는 직업이 있었다는 칼럼이었다. 책비는 정식 역사 기
록이 아닌 야담에만 나오는 직업이라는 주장도 있지만, 칼
럼에는 조선의 마지막 왕이자 대한 제국의 2대 황제였던
순종이 궁녀를 책비 삼아 이야기책을 읽히며 나라 잃은 슬
픔을 삭였다는 일화도 소개돼 있었다.

　그때 나는 '책비라면 책을 읽어 주는 여종이라는 뜻이잖
아. 천한 직업이지만 책을 읽어 줄 정도면 글을 깨쳤어야
할 텐데, 어떤 여성이 책비가 됐을까?' 하는 궁금증을 가졌

다. 아울러 당시에도 문학에 꿈을 품고 있었기에 언젠가 작가가 된다면 책비 이야기를 써 봐도 좋겠다고 어렴풋이 생각했다.

그로부터 한참 후, 작가가 되었다. 하지만 책비에 대해서는 까마득히 잊고 있었다. 그러다 몇 년 전 웹소설 공부를 하면서 소재를 찾던 중 문득 책비가 떠올랐다. 나는 무릎을 탁 쳤다.

'책비를 주인공으로 웹소설을 쓰면 되겠다. 책 읽기를 좋아하던 명문 세도가 규수가 멸문지화를 당한 후 책비가 되어 벌어지는 이야기를 해 보는 거야.'

조선 시대에는 권신일지라도 역적으로 몰려 멸문지화를 당하는 일이 흔했고, 그런 집안의 소녀라면 책비로 전락할 수 있겠다고 생각했던 것이다. 나는 특히 멸문지화를 당한 소녀가 책비가 된 후 아버지의 누명을 벗기고 가문을 다시 일으켜 세우는 이야기를 하고 싶었다.

《책비 오앵도》는 여기에서 출발했고, 2019년에 웹소설로 발표한 《왕세자의 달콤 위험한 연인》을 기반으로 하고 있다. 그러나 주요 등장인물, 발단과 결말, 몇몇 에피소드만 같다고 할 수 있을 정도로 80퍼센트 이상을 고치고 분량을 조절했으며 무엇보다도 청소년 소설에 알맞게 이야기를 많이 다듬었다.

이 소설은 조선 후기에 성행했던 세책방과 세책 문화를 무대로 하고 있다. 그래서 '책쾌'나 '전기수' 같은, 우리에게 비교적 익숙한 직업들도 나오고 《박씨 부인전》,《열하일기》,《춘향전》,《사씨남정기》처럼 실재했던 옛 책과 옛글도 많이 등장한다. 조정에서 전기수를 탄압한 사건이나 청나라 책을 금서로 단속했던 것도 실제로 있었던 일이다.

하지만 소설에서 남녀 주인공을 잇는 중요한 역할을 하는 염정 소설 《광통교 연가》는 작가인 내가 만들어 낸 책이다. 또한 등장인물은 모두 가상의 인물이며, 책비가 세책방에서 근무했다거나 책비 궁녀를 모집했다거나 하는 등 묘사된 사건 대부분도 문학적 상상력의 산물임을 밝혀 둔다.

여성의 활동이 제한됐던 조선 시대에 멸문지화를 당한 가문을 일으키고자 고군분투하는 책비 오앵도. 그리고 앵도와 손잡고 역모의 비밀을 밝혀 나라를 안정시키고 로맨스까지 완성하는 세자 이율. 두 사람의 당차면서도 애틋하고 위태로우면서도 가슴 설레는 이야기를 통해 우리 청소년들이 인생의 역경을 헤쳐 가는 힘을 배울 수 있다면 기쁘겠다.

2024년 11월

신현수

책비 오행도

초판 인쇄	2024년 11월 5일
초판 발행	2024년 11월 20일

지은이	신현수

펴낸이	이재일
책임편집	김채은
디자인	김유진
편집·디자인	한귀숙, 진원지, 고은하
제작·마케팅	강백산, 강지연

펴낸곳	토토북
출판등록	2002년 5월 30일 제2002-000172호
주소	04034 서울시 마포구 잔다리로7길 19, 명보빌딩 3층
전화	02-332-6255
팩스	02-6919-2854
홈페이지	www.totobook.com
전자우편	totobooks@hanmail.net
인스타그램	totobook_tam

ISBN	978-89-6496-524-5 43810

ⓒ 신현수 2024